쌀을 씻다가 생각이 났어

쓸쓸하고 찬란한

우리들의 열다섯

쌀을 씻다가

생각이 났어

권지연 지음

폭스코너

선생님은 나를 기억하실까?

— 쌀을 씻으면서도 너를 생각할 때가 있지

학창 시절에 궁금했지만 물어보지 못한 질문이 있다.

"선생님, 저 아세요?"

우연히 길에서 선생님과 마주치게 되었을 때, 50미터 전방에서 걸어오시는 저분은 중학교 때 사마귀 수학 선생님이 확실한데, 인사를 해야 할까 말아야 할까, 나를 기억하실까, 인사했는데 당황하시면 어쩌지, 같은 것들을 고민하다가 살짝 방향을 튼 적이 있다.

한 학년이 400명 정도 되는 학교였다. 담임선생님이라면 모를까, 교과 선생님께서 내 이름을 기억해주실 거라는 기대는 아예 하지 않았다.

고3 때 옆 반 친구의 이야기다. 그 친구가 조퇴를 하기 위해 담임선생님을 찾아갔다. 조퇴해도 되냐고 여쭙자 선생님이 말씀하셨다.

"너희 담임선생님한테 가보렴."

"네?"

졸업을 앞둔 학년 말이었다. 친구에게는 일 년을 함께한 담임선생님이었다. 아마도 선생님은 학년 말 업무로 바쁘고 정신없는 틈에 착각을 하셨을 것이다. 찰나의 착각은 곧 사건이 되어 교실로 흘러들었다. 이야기를 전해 들은 당시엔 모두가 빵 터지며 웃어넘겼지만, 한편으론 어쩐지 쓸쓸한 기분이 들었다.

그런데 가끔은 의외의 상황에서 나란 존재를 기억하시는 선생님을 만날 때도 있다. 길을 걷고 있는데 빨간색 경차 한 대의 움직임이 수상했다. 멀리서부터 차선을 변경해가며 내게로 다가왔다. 창문이 내려가고, 누군가 손을 흔들었다. "지연아~ 안녕!" 고3 때 담임선생님이었다.

초임 시절 국어교사 연수를 들으러 갔다가 고등학교 때 별나게 좋아했던 국어 선생님을 만났다. 떨리는 마음으로 인사를 드리니 "아고, 이게 누구로!"라고 반기시며 주변 선생님들께 "야가 내 제자니더"라며 자랑을 하셨다. 눈물이 찔끔 났다.

교사가 된 후 종종 이때의 기억들이 떠오른다. 언젠가 우연히 길에서 소녀 소년들을 만나게 된다면 통쾌하고 시원하게 이름을 불러주고 싶다. 그러나 몹시 안타깝게도 현실적으로 불가능한 꿈이기도 하다. 일단 마흔 줄에 접어들고부터는 총명이 빠르게 쇠하는 중이다. 가진 게 없으니 노력을 해보기로 했다. 의도적으로 유심히 소녀 소년들을 들여다보기 시작했다.

최소 면적 스무 평의 세계이다. 소녀와 소년은 아침이면 일어나 졸린 눈을 비비고 책가방을 메고 스무 평의 교실로 입장한다. 이곳에서 오늘 하루치의 정성으로 삶을 살아낸다. 교실은 아이들에게 하루하루가 체험 삶의 현장이다. 치열하고 찬란하며 애잔하고 기막히다. 스무 평의 세계에서 지구를 쓰고, 우주를 상상하며 울기도 하고, 웃기도 하고, 멍하게 있기도 한다. 때론 불안하고 때론 고독하다.

유심히 들여다봤더니 별안간 툭툭 소녀 소년들이 생각난다. 자꾸만 떠오르니 부작용인 것도 같다. 미역국 끓이려고 불려

둔 미역을 보면서도 생각이 나고, 납작한 내 뒤통수를 만지면서도 생각이 난다. 봄바람 살랑일 때, 가을밤 깊어갈 때, 기차가 지나갈 때, 뒷산을 오르다가도 생각이 난다. 주로 같이 애태우고 고민했던 일들이 떠오른다. 해결이 된 것도 있고, 안된 것도 있다. 치열하고 찬란하며 애잔하고 기막힌 일들이다. 그러니 이 책은 자꾸자꾸 생각나는 것들의 기록이라 할 수 있겠다.

밥하려고 쌀을 씻을 때면 나를 쌀알쌤이라 부르던 열다섯 소녀들이 생각난다. 쌀알같이 생겨서 쌀알쌤이었다. 흰 티셔츠에 나+쌀알을 그려준 아이들이다. 쌀을 씻을 때면 종종 저들을 떠올린다는 걸 소녀들은 절대 모를 거다.

교실에는 통통 튀고 자기표현 확실한 소녀 소년들도 있지만, 자신의 세계에 집중하며 고요하게 지내는 소녀 소년들도 있다. 공부를 잘하는 아이들도 있고, 공부에 뜻이 없는 아이들도 있다. 후자의 소녀 소년들은 먼 훗날 길에서 우연히 선생님을 만난다면 황급히 유턴할 가능성이 크다.

'선생님은 절대 나를 기억 못 하실 거야'라고 확신하고 있는 소녀 소년들을 화들짝 놀래주고 싶다. 세상의 중심에서 네 이름을 외쳐버리는 게 내 목표다.

난 너를 알고 있어. 흐흐.

쓸쓸하고 찬란했던 네 지난날을 잊지 않고 있다고!

생각만 해도 짜릿하다.

자꾸만 네가 생각나는 계절에

권지연

차례

1   네 생각 하나, 엉뚱하고 따뜻해

1

네 생각 하나,

엉뚱하고 따뜻해

첫사랑 중입니다

열다섯은 한결같다. 열다섯의 변화무쌍한 감정의 소용돌이와는 별개로, 십 년 전 그 녀석들도, 작년의 그 녀석들도, 올해의 이 녀석들도 한결같이 요구한다. "첫사랑 얘기해주세요—"

첫사랑 이야기를 십팔 년째 하고 있다. 나의 첫사랑은 알고 있을까. 매년 본 적 없는 소녀 소년들의 공격 대상이 되고 있다는 사실을(미안하오, 내 첫사랑). 선생님의 첫사랑은 평생 소환당하는 존재가 될 가능성이 크다. 첫사랑 시작할 때 진지하게 고려해볼 사항이다.

그러나 요구한다고 해서 바로 풀지는 않는다. 우리가 좀 더 가까워지고, 소중한 추억을 공유할 수 있을 정도의 사이가 되었을 때 풀겠다고 한다. 항의가 빗발치지만 굳게 버틴다. 첫사랑 정도나 되는 떡밥을 함부로 투척할 순 없다. 아끼고 아껴뒀다가 중요한 순간에 던져야 한다. 3, 4월의 긴장감이 풀리기 시작할 때, 잦은 공휴일과 행사로 느슨해지기 시작하는 5월의 어느 날이 적당하다. 5월의 봄, 첫사랑, 청춘. 삼박자

딱 맞아떨어지는 그때가 그때다.

첫사랑에 허우적거리는 청춘이 있다. 열다섯 소년은 첫사랑의 열병을 앓고 있다. 어떤 날은 축 처져 있다가, 어떤 날은 신명이 나서 돌아다닌다. 감정이 널을 뛰는 것만 봐도 분명 짝사랑이다. 조와 울의 경계를 넘나들며 존재감을 드러낸다.

소년 ㄱ의 그녀는 같은 반 소녀 ㄴ이다. 소녀 ㄴ은 말과 행동이 사랑스럽다. 무슨 일이 주어지든 최선을 다한다. 특유의 긍정 에너지를 뿜뿜 날리는 소녀다. 소녀 ㄴ을 짝사랑하는 자가 ㄱ뿐만은 아닐 텐데 걱정이다.

어느 날 소년 ㄱ으로부터 문자가 왔다.

―샘, 저 사실 좋아하는 애가 있는데요, 어떻게 해야 할지 모르겠어요. 이건 비밀이에요….

비밀이라고? 몹시도 허술하다. '너 빼고 다 알 것 같구나'라고 말하려다 참는다. 짐짓 모른 체하며 답한다.

― ㄱ에게도 봄이 왔구먼!

그 후 종종 ㄱ으로부터 문자가 왔다.

—선생님, 오늘 ㄴ이랑 이야기했어요!
—아무래도 ㄴ이 저한테 관심 있는 것 같습니다!
—ㄴ의 마음을 모르겠어요. 저를 피하는 것 같아요.
—ㄴ이 잘해줬다가 못 해줬다가 그래요. 이상해요. ㅠㅠ

아아, 청춘靑春이로구나. 애달픈 청춘이 풋풋하다. ㄱ의 레이더는 온종일 ㄴ을 향해 있다. 소녀의 행동 하나하나가 ㄱ에게는 분석의 대상이다. 별것 아닌 행동도 우주를 뒤흔들 의미가 된다. ㄴ이 까르르 웃기라도 하면 온몸의 혈관이 자동 확장된다. 그래서 행복에 겹기도 한데, 처량하기도 하다. 생애 처음으로 느껴보는 감정의 소용돌이 앞에서 속수무책이다.

ㄱ이 정신 못 차리는 동안 성적도 같이 정신을 못 차리고 있다. 사랑에 빠지는 걸 누가 막으랴. '이 죽일 놈의 사랑이 문제지'가 아니다. 사랑은 죄가 없다. ㄱ에게 말했다.

"ㄱ아, ㄴ은 공부를 참 열심히 해. 그치? ㄴ은 어쩜 저렇게 매사 최선을 다할까. 기특하다. 그치?"

"맞습니다, 선생님. ㄴ은 귀여운데 공부도 잘합니다!"

그 후 소년 ㄱ이 공부란 걸 하기 시작했다는 것이다. 기초가 부족하니 처음엔 좀 골머리를 쓰는 것 같았다. 공부 좀 하는 친구들한테 딱 붙어서 묻기도 하고, 책상에 앉아 수학 문제를 푼다. 심지어 소녀 ㄴ이 소년 ㄱ에게 공부를 가르쳐준다. 흐뭇한 광경이구나. 이것이 바로 사랑의 순기능, 진정한 사랑의 힘이다! 결국, 소년 ㄱ은 소녀 ㄴ과 사귀게 될 줄 알았으나 그러지 못했다. 소녀 ㄴ은 그 후로도 소년 ㄱ에게 공부를 열심히 가르쳐주었고, 둘은 사제지간의 정을 나누는 묘한 관계가 된 듯하다.

참고로 내 첫사랑은 초1 때 짝꿍이다. 1989년 1학년 1반 교탁 앞에서 김흥국의 〈호랑나비〉 춤을 추는 모습을 보고 한눈에 반했다. 일 년 동안 친하게 지내다가 2학년이 되면서 다른 반이 되었는데, 복도에서 만나면 내가 아는 척을 하지 않았다. 부끄러워서 그랬다.

섭섭했던 내 첫사랑이 집으로 전화를 걸어왔는데, 토요일 오후 목욕탕을 다녀온 후 엄마가 라면을 막 끓여주셨을 때였다. "지연아, 왜 나만 보면 피하는 거야?"라고 물었는데, 그땐 나도 그 이유를 몰라서 대답을 못 했다. 수화기를 귀에 대고 한참을 서 있었다. 옆에서 엄마가 라면 불으니 어서 오라고 하셔서 전화를 끊었다. 그 후 일관성 있게 졸업할 때까지 오 년 동안 그를 피해서 도망 다녔다. 오 년 동안 같은 반이 되지 않았던 게 천만다행이다. 눈물 나는 이야기다.

봄날의 팝콘이 되어

그러니까 열다섯을 뭐라 표현할 수 있을까. 열다섯이라 하면 떠오르는 것들은…? 봄. 그리고 봄. 또 봄. 봄 그 자체. 겨울을 막 벗어난 낯섦과 서투름, 어색함, 수줍음, 초록, 풋내, 싱그러움, 5월, 풀 내음, 꽃 내음, 꽃잎, 흩날리는 벚꽃 잎….

서툴게 시작된 3월의 관계는 벚꽃 필 무렵이면 물러져서 슬그머니 서로 스며들고, 운동장 여기저기서 흩날리는 벚꽃은 촉매제 역할을 하는 중이다. 굳은 근육을 움직여 슬며시 웃어봐도 괜찮을 것 같다고 여겨진다. 웃음은 전염이 되어 자꾸자꾸 씰룩씰룩 웃다가, 웃는 걸 보다가, 그냥 웃어버린다. 벚꽃이 바람에 흩날리기 때문에 웃음은 무죄인 것으로.

꽃잎 흐드러진 벚나무 밑에 주차를 하다니. 출근길 성급함을 탓하며 꽃잎을 후후 불고 있는데 소녀들이 다가왔다.

"쌤…, 같이 사진 찍어요!"

암, 그럼 그럼, 네 추억의 책장 어디쯤을 위해서라면 기꺼이.

"쌤은 요렇게 앉아서 요렇게 주먹을 쥐고 요렇게 있으시면 됩니다~"

"요–렇–게?"

"네!!"

찰칵!

팔랑. 소녀들이 꽃잎처럼 날았다.

인생 사진이로구나. 카톡 프사를 바꿨다.

몇 년 후 남중으로 이동을 했다. 이곳은 더욱이 온 천지가 벚꽃이다. 소년들만 있어서일까, 어째 벚꽃 아래가 조용하다. 들뜰 만도 한데 꾹 참고 있는 건가, 꽃잎 따위 관심 두지 않는 건가 헷갈릴 때쯤, 만개한 벚꽃이 아까웠는지 학교에서 벚꽃 사진 콘테스트를 한다고 한다.

반에서 회의가 시작되었다. 많은 아이디어가 오가는 이유는 상금이 걸려 있기 때문이라는 것을 안다. 한참을 의논했지만 결론이 없다. 이대로라면 4열 횡대에 V 손가락이다. 웃기긴 할 것 같은데…. 그때 한 소년이 말한다.

"쌤, 그거 해요!"

"그거?"

"쌤 프사요. 예전 거 봤어요."

"스무 명인데?"

"그 정도쯤 쌤 장풍으로 날려주세요~"

벚꽃 아래 모였다. 말은 쉬웠는데 스무 명이 동시에 뛰는 게 쉽지가 않다. 한 명이라도 성급하거나 굼뜨면 다시, 다시, 다시 찍었다. 벚꽃이 흩날리는데 벚꽃 볼 새가 있을 리가. 나는 장풍을 쏘기 위해 양팔을 벌리고 한쪽 무릎을 꿇고 앉았다. 그렇게 한참을 앉아 있으니 무릎이 아프고 팔이 저려왔다.

실패를 거듭하는 중에 소년 ㅎ이 외쳤다.

"정신 차려. 우리 쌤 관절을 생각해!"

다른 소년도 외쳤다.

"쌤 관절 나간다고. 지켜드리자, 관절!"

"다시, 하나, 둘, 셋!"

찰칵!

부웅— 소년들이 날았다. 내 장풍을 맞고 꽃잎처럼…은 아니고, 팝콘 튀듯 튀어 올랐다.

소년들이 벚꽃을 보았는지 어쨌는지는 알 수 없다. 내가 장풍을 쏘고 소년들이 팝콘이 되어 튀어 오르는 동안, 봄바람 휘날리며 벚꽃 잎은 흩날렸다.

눈물로 지은 인생 사진이로구나. 카톡 프사를 바꿨다.

사랑을 가르쳐주시오

　젊고 파릇파릇하던 시절에 안도현 시인의 강연을 들은 적이 있다. 오후 내내 시인의 이야기를 들을 수 있었고 저녁이 되어서야 마쳤다. 연수 후 저녁 식사 자리에서 어쩌다 시인의 옆자리에 앉을 수 있었다. 궁금했던 것, 하고 싶었던 말들이 휘몰아쳤는데, 고개를 돌려 오른편에 앉은 시인의 얼굴을 똑바로 바라본 순간, 말을 고를 틈도 없이 대뜸 이런 말이 튀어나왔다.

　"시를 잘 쓰려면 어떻게 해야 하나요?"

　"…"

　시인을 모셔다 놓고 한다는 질문이 너무 수준 높은(?) 것이어서 그랬는지 어수선하던 분위기가 일순 차분해졌다. 모두의 시선이 집중된 가운데 질문을 던진 나는 뒤늦게 벌게진 얼굴로 현답을 기다리고 있었다. 이제 와 생각해봐도 진심으로 궁금했던 질문임에는 틀림이 없다. 시인은 웃으며 손가락 세 개를 펴 보였다. 그리고 세 가지 비법을 전수해주었다. 첫째, 술을 마십니다. 둘째, 연애를 합니다. 셋째, 시를 많이 읽습니다.

여기저기서 웃음이 터져 나오는 가운데 사뭇 진지했던 다음 질문.

"저는 술을 못 마시는데 어쩌죠?"

그러자 여유 넘치는 그분의 답변은 이랬다.

"그럼 연애를 두 배로 하면 됩니다."

세 가지 비법은 간단한 것 같지만 간단치가 않았다. 그래도 시를 많이 읽는 것은 애써보면 되겠다 싶었지만, 나머지는 막막했다. 열아홉의 나이로 '인생은 11자'를 외친 후 술과는 생이별을 했다(자세한 이유는 이 책 〈인생은 11자〉에서 다룰 것이다). 연애를 두 배로 하라는 차선책도 쉽지 않았다. 쓸데없이 자만추(자연스러운 만남 추구) 연애관을 가지고 있었던지라 미팅이나 소개팅도 관심이 없었다. 이십 대 중후반을 지나며 이대로는 안 될 것 같아 들어오는 소개팅 자리마다 나가보기도 하였으나 갑갑하고 지루했다.

그러는 중에 어떤 한 남자가 있었다. 그는 내가 이십 대를 지나는 동안 주변 어디쯤에서 늘 같은 포지션으로 과하지 않게 얼쩡거렸다. 육 년을 한결같이 얼쩡거리던 남자가 남자로 보이기 시작했고, 유쾌하고 따뜻했다. 삼 년 연애 후 결혼을 했으니 시인이 전수해준 '연애 두 배' 차선책도 실패였다. 애초에 나는 시를 쓰는 사람이 되기는 글러 먹은 것이다.

그런 나와는 달리 시인이 될 싹수가 다분한 자들이 여기 있다. 열다섯 소년 ㄴ은 오늘도 여친 자랑으로 뭇 소년들의 염장을 지르고 있다. 아무도 그에게 물어본 적이 없지만, 교실 문을 열고 들어가는 순간부터 시작된다. "쌤, 쌤, 쌤, 어제 여자친구 만났어요! 걔가 이랬는데, 저래서, 그래 가지고… 암튼 너무 예뻤어요!" 그러면 소년 ㄷ도 지나간 여친 이야기로 거든다. "그 누나(?)랑 만났을 때 같이 밥 먹고 카페에 갔는데…. 그래서 좋았어요, 너무."

장차 훌륭한 시인이 될 녀석들이로구나. 내가 실패했던 '연애 두 배'를 너희는 이미 아무렇지 않게 실천하고 있구나. 아무도 시킨 적이 없는 그것을 자발적으로 하고 있어 청출어람이 따로 없다네. 술이야 스무 살이 되면 노력 없이도 따라붙을 것이고, 시만 읽으면 되겠네, 시만.

여친 자랑을 할 때의 저 표정, 행복에 겨워 찌그러지는 눈매와 씰룩거리며 내려올 줄 모르는 입꼬리, 무턱대고 전진하는 목과 얼굴, 과도한 제스처, 우렁차고 리드미컬한 목소리, 180이 넘는 큰 키가 무색할 정도의 해맑음, 가득 차서 넘쳐흐르는 행복, 행복, 행복. 보고 있자니 나까지 달달한 행복 바이러스에 전염되는 듯하다.

몇 해 전 겨울이었다. 눈 내리는 운동장을 열다섯 소녀, 소년이 함께 걷고 있었다. 서로의 어깨를 팔로 감싸 안고서.

사랑하는 이들의 아름다운 모습으로 받아들일 수 있겠지만 문제는 학교 운동장이었고, 열다섯이었고, 하필 그것을 교장선생님께서 보신 것이었다. 눈밭의 아름다운 연인은 풍기문란 죄로 교장선생님의 호출을 받았다.

그래도 학교 운동장에서 그러는 건 너무했지, 싶다가도 그럼 학교 운동장이 아니면 괜찮은 건가 싶다가, 학생이 공부를 해야지 연애는 무슨, 하다가, 아 거참 사랑 처음 해보나 훅 치고 들어오는 것을 무슨 수로 막을 거야 하다가, 사랑이 밥 먹여줘? 응, 응 사랑하면 밥 안 먹어도 배불러….

열다섯은 사랑이 궁금하고, 사랑에 대해서 공부하고 싶다. 국영수보다 사랑이 시급하다. 뭇 소녀 소년들은 ㄴ이나 ㄷ처럼 지금 당장 추진력을 보이지 않더라도 사랑이라는 감정은 알고 싶다. 그래서 끊임없이 선생님의 첫사랑과 중간 사랑, 끝사랑을 물어보며 그 말랑한 이야기에 같이 설레고 싶어 한다. 누가 이 마음을 막을 수 있을까. 학교 앞 분식집 떡볶이를 절대 사 먹지 말라고 한들, 그 집 앞은 날마다 문전성시다.

눈을 감고 낮고 조용히 생을 돌이켜볼 수 있을까. 거슬러 올라가도 좋고, 따듯하던 엄마의 배 속이 생각난다면 좀 멀긴 해도 거기서부터도 좋다. 전 생애를 통틀어 가장 행복했던 순간을 떠올린다면, 그래서 저절로 미소가 지어진다면, 마음이 저절로 따듯하게 데워지고 있다면, 그렇다면 그 순간엔 반드시, 그 어디쯤에는 사랑이 자리 잡고 있을 것이다. 인생에 사랑을 빼면 무엇이 남을까. 그러니 차후 교육과정 개정 시 '사랑' 과목 신설을 조심스레 촉구하는 바이다.

애초에 사랑 없이는 성립이 될 수 없는 삶이기에 너를 사랑하면서 나도 사랑할 수 있는, 함께 성장해가는 사랑에 대해서 배울 수 있다면 좋겠다. 세상엔 그러하지 못한 사랑도 많고, 어른이라도 사랑은 어렵다. 그래서 때론 삶이 송두리째 흔들리고, 울고, 사랑이 증오로 바뀌기도 한다. 그래서 배우는 것. 세상과 사람과 사랑에 대해 이해할 수 있는 마음의 공간을 넓혀가는 배움의 시간이 우리에게는 필요하다.

배우려면 가르치는 자도 있어야 할 텐데 그것이 좀 곤란하다. 아무리 생각해도 차선책에 좀 더 힘을 기울였어야 했다. 두 배의 노력으로 연애를 했다면 나는 지금보다 조금 더 멋진 선생이었을 것이고, 어쩌면 연탄은 못 되더라도 번개탄 같은 시를 쓰고 있었을는지도 모를 일이다.

논다는 건

아이가 초1이 되면서 육아휴직을 했다. 등하교라도 같이 해주자는 마음으로 일 년 휴직을 던졌다. 아이 손을 잡고 룰루랄라 등교를 하는 게 신난다. 아침 등굣길 풍경이 낯설고 설렌다. 출근할 때는 일곱 시 삼십 분이면 집을 나서야 했기 때문에 여덟 시 십 분의 동네 아침 풍경을 모르고 살았다. 공기가 다르다고 해야 할까. 온기가 다르다고 해야 할까. 동네 어린이들이 엄마, 아빠, 할머니, 할아버지 손을 잡고 졸랑졸랑 학교로 가는 모습은 기분 좋은 낯섦이다. 그런데 이 주 정도 지났을 무렵 "엄마 나 혼자 학교 갈래"라며 엄마는 따라오지 말라고 한다. 난 더 따라가고 싶은데…. 예상치 못했던 딸아이의 독립적인 모습에 의기소침해졌다. 결국, 몰래 몇 번 더 따라갔다가 걸리고 난 후, 할 일이 없어졌다. 난 왜 휴직을 한 걸까. 대출금도 갚아야 하는데.

본의 아니게 집에 있는 시간이 길어지다 보니 평소 눈에 띄지 않았던 것들에 관심이 가기 시작했다. 먼지가 쌓인 책을 들쳐보기도 하고, 잡동사니들을 정리하기도 한다. 그러다 구석진 곳에서 상자 하나를 꺼내 들었다. 오래된 보물상자다. 중고딩 때 찍은 스티커 사진, 이미지 사진, 유행 가요가 담긴 카세트테이프 등등. 그중에서도 유독 눈에 띄는 녀석이 있다. 두툼하고 빵빵한 모습으로 여고 시절의 추억을 한가득 담고 있는 빨간 다이어리다.

어지간해선 읽지 않는 치부恥部책 같은 것이기도 하지만, 천진한 허세와 함께 유치찬란하고 순수했던 여고 시절의 일상과 고민이 담긴 도저히 버리려야 버릴 수 없는 골동품이다. 풋풋, 풋내 나는 열일곱 시절의 가감 없는 기록이기도 하다. 다이어리 단추를 연다. 판도라의 상자가 열린다. 이제부터는 나 자신과의 싸움이다. 저 유치찬란한 깨알 같은 글자들을 읽을 것인가, 말 것인가.

두어 장 읽다가 덮는다. 얼굴이 화끈거리지만 마음을 다잡고 다시 읽기 시작한다. 일단 오빠들 이야기가 많다. 그 시절 우리들의 앞집, 뒷집 오빠들은 다 어디로 간 걸까.

가장 두드러진 특징은 체육대회, 소풍, 수학여행 등 노는 것에 진심이었다는 것이다. 체육대회 때는 반짝이 붐비나를 흔들며 치어리더를 했다. 디바의 〈왜 불러〉 춤을 미친 듯이 연습했다. 수학여행 장기자랑에서는 인기 있는 보이 그룹의 노래에 맞춰 춤을 췄다. 역시나 미친 듯이 연습했다. 고2 야영 장기자랑에서는 파란 나팔바지를 입고 엘비스 프레슬리가 되어 춤을 췄다. 얼굴에 시꺼먼 구레나룻도 그렸다. 그땐 그냥 미쳤었다.

교사가 되고 매년 체육대회, 소풍, 야영, 수학여행, 축제를 준비한다. 그때마다 반 아이들에게 말한다.

"최선을 다해 노는 것도 공부입니다. 책상 앞에선 열공하시고, 놀 땐 미친 듯이 놀아야 합니다."

살아보니 논다는 게 얼마나 중요한지 알겠다. 잘 노는 건 삶의 질을 향상시킨다. 놀아봐야 내가 무얼 좋아하는지 알게 된다. 학교 행사에 뜨뜻미지근하던 소녀 소년들의 마음에 슬그머니 불씨를 지핀다. 소년 ㄹ과 ㅁ이 찾아왔다. 반장과 부반장이다. 올해는 코로나19로 축제 장기자랑을 영상으로 만든다기에 솔직히 흥이 좀 덜 났다. 반 아이들에게 어디 한번 알아서 해보거라 했더니 뭔가를 찍어왔다. 어떤 소년은 혼자 춤을 추고, 어떤 소년들은 나름 분장을 하고 그룹으로 춤을 췄다. 열심히는 했으나 음, 뭐랄까, 한 방이 없달까. 그런 느낌이었다. 〈쇼! 음악중심〉이나 〈뮤직뱅크〉처럼 음악 방송 콘셉트로 영상을 엮으면 좋을 것 같았다. 그러려면 MC가 필요하다. 음악 방송에는 대부분 여성과 남성이 함께 MC를 맡는다. 우리 학교는 남자 중학교다. 반장 ㄹ에게 말했다. "지금 우리에게는 여성 MC가 필요하다. 자고로 축제의 꽃은 여장이지. 그렇지 않으냐, 반장?"

그리하여 여장 반장 ㄹ과 부반장 ㅁ의 MC 영상이 추가되면서 영상의 퀄리티가 매우 고급스러워졌다. 반장 ㄹ의 희생정신으로 축제 영상 콘테스트에서 1위를 하게 되었다. ㄹ과 ㅁ은 부둥켜안았고, 반 아이들은 환호했다. 감동적인 순간이었다.

요전 학교에서는 소년 ㅂ이 엘사 분장을 하고 〈렛잇고〉에 맞춰 퍼포먼스를 하기도 했다. 내성적인 소년 ㅂ이 엘사를 맡게 되어 더욱 흥미진진했다. 그런데 ㅂ이 조건을 내걸었다. 단, 담임선생님이 올라프 역할을 해줄 것. 축제 날 소년 ㅂ과 나는 각각 엘사와 올라프 분장을 하고 무대에 올라 압도적 퍼포먼스를 펼쳤다. 같이 하얗게 불태웠다.

상대적으로 소녀들은 소년들보다 불씨가 더 빨리 확산된다. 불씨를 던지기만 해도 활활 타오른다. 소녀들이 춤 연습으로 한창이다. 무대에 오르더니 무아지경의 댄스를 보여준다. 열광의 도가니였다. 은상을 수상하고 부상으로 상품권을 받았는데, 그것으로 내게 막창과 닭발을 쏘겠다고 한다. 그날 열다섯 소녀들과 막창집에서 만났다(김영란법 시행 전이었다).

막창집에서의 폭풍 수다를 잊지 못한다. 소녀들은 여중생의 탈을 쓴 아저씨들이었다. 땀 흘려 고생한 뒤에 얻은 막창과 닭발을 씹으며 행복해하던 소녀들의 모습이 선하다. 열심히 최선을 다해 놀고 나서도 보람을 느낄 수 있다. 소리 지르고, 환호하고, 웃고, 흔들며 모든 에너지를 쏟아냈을 때의 쾌감을 경험한다. 혼자가 아니라 친구들과 같이 성취해낸 보람이다. 놀고 나서 마음이 튼튼해진다. 힘이 생긴다. 지성, 감성, 의지를 발휘하여 어디서든 내 마음대로 잘 노는 인간이 전인적 인간이다.

학창 시절을 떠올릴 때면, 코피 터지게 공부한 기억보다 눈물 나게 웃겼던 일들, 미친 척 나대고 놀았던 일들, 친구들과 무모하게 작당하고 모의한 일들이 먼저 떠오른다. 어른이 되면 눈치 보고, 지켜야 할 게 많아진다. 할 수 없는 건 아니지만 작당할 친구들이 줄어든다. 학교에서는 공식적으로 나댈 수 있다. 소녀 소년들에게 주어진 특권이다.

누리는 자가 승자다. 마음껏 누린 소녀 소년들이여, 잘했도다. 신나게 놀았으니 다음은 기말고사다. 자, 떠나세, 열공의 세계로.

깨비 책방과 게임

　열일곱의 치부恥部책 1998 빨간 다이어리 안에서 반가운 물건이 튀어나왔다. 학창 시절 내 분신과도 같았던 그것. 도시락 가방만큼, 용돈만큼이나 중했던 그것은 바로 깨비 카드다. 중학교 때였나, 우리 동네에 깨비 책방이 생겼다. 도서 대여점인 깨비 책방은 다*소나 C*편의점처럼 어느 동네에나 있었다. 깨비 책방 전용 멤버십 카드가 깨비 카드다. 그 시절 나도 멤버십 카드 들고 다니는 여자였다는 것이다.

　지금부터는 깨비 카드와의 재회를 통해 깨달은 바를 적어보려고 한다.

　깨비 책방은 영혼의 안식처였다. 용돈의 팔십 퍼센트 이상을 깨비에 쏟아부었다. 책 한 권 대여비가 300원 정도였는데, 하루에 서너 권씩, 주말엔 왕창 빌리자면 자금이 꽤 필요했다. 자금 조달을 위해 용돈을 허투루 쓰지 않았다. 방문 걸어 잠그고 포카칩 먹으며 만화책 쌓아두고 볼 때면, 세상을 다 가진 것 같았다. 하교 후 날마다 깨비 책방으로 출근 도장을 찍었다.

"아저씨, 신간 나왔어요?"

책방 문을 열자마자 여쭙는다. 신간이 나와야 책을 빌릴 수 있다는 것은 그 책방에 더 이상 읽을 책이 없다는 뜻이다. 순정 만화는 기본, 학생 수준에서 읽을 만한 만화는 거의 빌려 본 것 같다.

열네 살 때, 만화책에 발을 들였다. 처음으로 만화책 한 권을 통으로 읽고는 개벽, 하늘이 열리는 것 같았다. TV 만화와 비교할 수 없는 스토리와 깊이에 탄복했다. 첫 만화 제목이 '가을 머시기'였는데, 그 '가을 머시기'를 읽고는 너무 슬퍼서 심장이 아팠다.

《풀하우스》, 《슬램덩크》, 《오렌지 보이》, 《오디션》, 《언플러그드 보이》, 《원피스》 속에 나오는 주옥같은 대사와 절절한 사랑, 휴머니즘, 고진감래, 인과응보는 우리를 둘러싼 세계를 긍정적인 눈으로 바라보게 했다. 살아보니 세상은 만화처럼 돌아가진 않았지만, 내게 남아 있는 일말의 순수함은 학창 시절의 만화가 심어준 것이라 생각한다. 지금 국어 선생 노릇을 하고 있는 것도 그때 읽은 만화의 영향인 것 같…?

학교에서는 만화로 하나가 된 패밀리가 있었다. 서로 빌려주고 읽고 그러다가 선생님께 걸리면 만화책을 압수당하거나 혼쭐이 났다. "만화책이 뭐냐, 좋은 책이 얼마나 많은데"라고 이해할 수 없다는 듯 말씀하셨다. 사실 그땐 이해받길 기대하지 않았다. 그토록 재밌는 걸 멈출 수 없었다. 염려는 감사하지만 어쩔 수 없는 것이라 생각했다. 그런데 지금 이 순간, 1998년 다이어리 속 깨비 카드를 발견한 순간, 선생인 나를 이해시키고자 애썼던 그때 그 소년들이 떠오른 것이다.

중간고사 첫째 날이었다. 시험 문제 출제로 인한 그간의 스트레스를 풀기 위해 동료들과 새로 생긴 파스타집에 가기로 했다. 오랜만에 여유 있게 소박한 담소를 나누고 있는데, 창밖으로 낯익은 자들이 보인다. 우리 반 소년들이다. 오늘 시험을 잘 쳤는지 기분이 좋아 보인다. 신나게 근처 건물로 들어가길래 자세히 보니, 간판에 PC방이라고 쓰여 있다. 시험 기간에 PC방? 반사적으로 몸뚱이는 식당 밖을 향하고, 나는 단련된 목청으로 외친다. "야, 이자들아! 게 섰거라!"

다음 날 PC방 소년들이 애써 시선을 피한다. "시험이 아직 이틀이나 남았는데 PC방? 너희가 정녕 학생이란 말이냐. 니 죄를 니가 알렷다." 이렇듯 따뜻한 조언을 하고 나니 소년 ㅅ이 말한다. "선생님, 저희랑 PC방 한 번만 같이 가시죠."

ㅅ은 선생님이 PC방에 같이 가주면 라면을 쏘겠다고도 했다. 게임을 해본 적이 없다고 하니 가르쳐주겠다고도 한다. 굳

이 그래야 하냐고 하니 한번 해보시면 안다고 한다. 함께 있던 소년들이 갑자기 힘을 얻어서 게임을 추천하기 시작한다. 자신들의 유일한 낙을 열과 성을 다해 침 튀기며 설명하는데, 속으로 저자들이 어제 국어 시험은 제대로 쳤을까, 를 생각했다.

열다섯 소녀였던 시절에 PC방이 있었더라면 나는 PC방에 다녔을까? 깨비 책방 드나들듯 출근 도장을 찍고 있었을까. 만화 책방과 PC방은 무엇이 다를까. 아, 자신이 없어진다. 분명 PC방은 저들 영혼의 안식처. 질풍노도 속에서 대혼란을 겪으며 성적과 잔소리로부터 받는 스트레스를 모니터 앞에서 키보드를 두드리며 분출하고 있다. 깨비 카드를 본 순간 갑자기 소년들의 심정이 완벽하게 이해되어버렸다. 이런 걸 돈오頓悟라고 하나. 이러면 안 되는 줄 알면서 공감이 된다.

정신을 차려야 한다. 정신을 차리고 저들과 나의 차이점에 대해서 생각해보아야 한다. 적어도 나는… 나는 적어도… 시험 기간 마지막 날에만 깨비 책방에 갔다! 내일이 시험인데 만화책을 보지는 않았다는 것이다. 일 년에 꼴랑 네 번 있는 중간, 기말고사 기간에는 벼락치기든 뭐든 혼신의 힘을 다했다. 적어도 학생으로서의 예의는 지켰다는 것이다. 휴.

소년들이여,

우리 학생으로서 그 정도의 예의는 지킵시다.

워라밸 들어봤죠? 어른들도 일과 삶의 균형을 찾으며 살아가고 있습니다.

스라밸 어때요? 스터디 라이프 밸런스. 또는 피라밸(PC방 라이프 밸런스). 방금 지어낸 말인데 괜찮네요. 뭐든 자신을 망치는 것은 위험해요. 지금부터 적절한 균형을 찾아가는 것을 연습해보도록 하죠. 게임을 하더라도 살살하란 말입니다. 살살….

깨비 책방을 내 집처럼 드나들던 시절, 우리 집 코앞에 새 책방이 생겼다. 가까운 곳으로 근거지를 옮기고 역시 그곳에서도 출근 도장을 찍었더랬다. 이십 대 후반의 어느 날, 그 책방이 생각났다. 불현듯 그리워져 찾아가봤다. 예전 주인 총각이 늙지도 않고 앉아 있어서 너무 놀랐다. 나를 기억하진 못하시는 것 같았다. 만화책을 몇 권 뽑아 들고 카운터로 가서 회원번호를 말하려던 그때, 탁 탁 주인 총각이 정확히 내 회원번호 36을 입력하였다. 소름이 돋았다. 뻔질나게 드나들긴 했나 보다.

이러나저러나 나는 소년들에게 할 말 없는 선생이다.

나는 공기가 되었다네

그해 우리 집이 이사를 했다. 평생을 안동에서 뿌리내리고 살 줄 알았던 권씨 집안의 민족 대이동 덕분에 나는 낙동강 오리알 신세가 되었다. 그래서 첫 학교였던 청송에서의 마지막 일 년은 학교 사택에서 지냈다. 원룸식의 빌라였는데 동네 집들 중 제일 새 집이었다. 우리 학교 선생님들뿐만 아니라 근처 초등학교 선생님들도 함께 소복이 모여 살았다. 시골 동네에서 자취할 수 있는 방을 구하기가 어려워 사택 경쟁률이 높았다. 그래서 그해 신규로 들어온 정 선생은 사택 방을 얻지 못했고 학기가 시작되었는데도 집을 구하고 있었다.

그녀는 쉬는 시간마다 복도와 현관에서 휴대폰을 붙들고 누군가와 통화를 하며 서성댔다. 오며 가며 보게 된 그녀의 초조한 뒤통수가 자꾸만 눈에 밟혔다. 별수 없이 "저 선생님, 괜찮으시면 저랑 같이 지낼까요?"라고 먼저 말했다. 원룸에서 낯선 이와 함께 사는 건 쉽지 않을 것 같아서 망설였는데, 그 망설임을 초조해 보이던 그녀의 뒤통수가 밀어낸 것이다. 모든 것은 그 뒤통수에서 시작되었다.

　합가(?) 후 룸메이트가 된 그녀는 서서히 먹거리들을 싸 들고 오기 시작했다. 함께 살자고 먼저 손을 내민 것에 대한 보답이었는지 자주 뭔가를 바리바리 싸 들고 왔고, 음식이 담긴 봉지를 주섬주섬 꺼냈다. 포항에 살았던 그녀는 과메기나 해산물은 물론, 두릅, 민들레, 씀바귀 무침 같은 엄마표 음식들을 가져왔다. 덕분에 나는 인스턴트 음식으로 배를 괴롭히지 않고 정성 담긴 맛깔나는 음식으로 든든하게 끼니를 챙길 수 있었다.

　그날은 그녀가 굴을 싸 들고 와서는 굴국을 해주던 날이었다. 평소 굴을 즐기지 않았지만, 정성을 담아 개운하게 끓여낸 그녀의 굴국에 밥을 말아 한 그릇 거뜬히 비워냈다. 그녀를 향해 쌍 따봉을 날리고…. 그러고서 시작되었다. 속이 울렁거리고 배가 살살 아프더니 뒤틀리기 시작했다. 토하기 직전의 위험 감지 신호가 왔다. 얼른 화장실로 뛰어들어가 내뿜었고, 굴이 들어갔던 곳으로 다시 나왔다.

　두어 시간은 그러고 있었던 것 같다. 식은땀이 흐르고 정신이 아득해졌다. 배가 꿀렁거리는 걸 눈으로 보았다. 배 속 내

장들이 굴을 밀어내기 위해 필사적으로 단합하는 행태가 그 와중에 놀라웠다. 중력을 거스르며 안의 것을 역류시키는 결사적 투쟁으로 배가 꿀렁꿀렁 움직였다. 우웩!

　다음 날 학교에 가자, 나를 본 아이들이 소스라쳤다. 나도 내 몰골을 보고 소스라치게 놀랐다. "선생님, 얼굴이 왜 그래요!" "응… 좀 그렇지? 어제 배가 좀 아팠단다." "헐…." 안쓰럽게 쳐다보는 아이들에게 '얘들아, 난 지금 공空이고 무無야. 아무것도 들어 있지 않단다. 공기이자 바람이란다'라는 뜻의 말을 하고 싶었으나 기운이 없어 참았다.

수업을 어떻게 했는지, 하루를 어떻게 보냈는지 모르겠다. 나부끼듯 휘청거리며 다니는 나를 볼 때마다 아이들은 "헐…" "쌤…"이라 말했다. 동네에 병원이 없어서 생으로 견뎠다. 보건소가 있긴 했지만 거기까지 가느니 얼른 집에 가서 눕고 싶었다. 사택 방에서 마치 공기가 된 듯 누워 있는데 서러움이 복받쳐올랐다. 그때 휴대폰 알림음이 울렸다. 우리 반 소년 ㄹ이 보낸 문자였다.

—쌤, 현관문 확인해보세요.

무슨 일일까 싶어 현관문을 열어보았더니 현관문 손잡이에 검정 비닐봉지가 걸려 있었다. 비닐봉지 안에 든 것은 약 봉투였다. 동네 약방에서 지어온 약이었다. '약 드시고 얼른 나으시고, 아프지 마세요'라는 문자를 읽고 약 봉투를 여는데 그제야 눈물이 쏟아졌다. 짜식… 열여섯이 너무 따뜻하잖아…. 나잇값 못하고 이러거니. 남아 있던 눈물 콧물까지 다 쏟아내고 나니 진정한 공空이, 공기가 되었다.

굴을 쏟아내던 날, 화장실에서 사투를 벌이는 그 사이사이에 굴국을 끓이며 즐거워하던 그녀의 뒤통수가 떠올랐다. 우웩— 소리가 미안해서 참으려 했는데도 참아지지가 않았다. 모조리 쏟아내고 공기가 된 채로 나가서 마주친 그녀는 곧 울 것 같은 표정이었다. 화장실에서 치러지는 치열하고 필사적인 사투의 아우성을 들으며 그녀도 내내 초조했을 것이다. 가까스로 방에 드러누워 "나 괜찮아"라고 말하며 손을 저어 웃어 보였다. 그런 몰골로 무슨 위안이 되었으려나마는.

그 일로 나의 내장들이 굴을 받아들일 수 없다는 것을 알게 되었다. 억지로 친해지게 할 순 없어 나는 굴을 먹지 않는다. 싱싱한 굴을 볼 때마다 그녀 생각이 난다. 싱크대 앞에서 그녀는, 아니 그녀의 뒤통수는 내내 행복하고 즐거워 보였다. 알 수 없는 노래를 흥얼거리며 까딱거리기도 했다. 굴국에 담긴 그녀의 포근한 마음을 알고 있었다. 그 마음이 지글지글 그득히도 담겨 있다는 것을 알고 있었다.

또 굴을 생각하면 자연스레 약 봉투가 떠오른다. 선생은 베푸는 자리라 생각해 베풀 것만을 다짐했지 받을 줄은 몰랐다. 열여섯 소년에게도 타인의 어려움을 공감하고 위로할 수 있는 따뜻한 마음이 있었고, 소년이 건넨 약 봉투가 서글픈 몸과 마음을 따뜻하게 쓰다듬었다. 모든 것을 게워내고 세상 가벼운 존재가 되어 잠깐이나마 공空의 경지를 맛보았던 그때 그 시절의 굴국과 약 봉투는 더할 수 없는 훈기였다. 지나온 청춘, 두고두고 생각나는 내 인생의 아랫목이다.

이상한 나라에서 온 작고 흥미로운 존재들

조금 이상한 이야기를 해보려 한다. 소년 ㅂ은 엄지손가락을 누르면 어김없이 방귀를 뀐다. 그냥 아무 때나 눌러보면 안 다. 소녀 ㅅ은 내게 요플레를 닮았다고 했다. 요플레를 닮은 건 어떤 거냐고 묻자 요플레처럼 생긴 거라고 했다. 소년 ㅇ은 어느 날엔가 말 머리 가면을 쓰고 학교에 왔다. 공부로 1등인 소년 ㅈ은 '공부 안 하고 시험을 치면 몇 점이 나올까'에 대한 연구를 구상하고 있었다. 소년 ㅊ은 야단을 맞으면서도 웃었 다. 그리고 퇴근길이면 내 차 뒤를 쫓아 달려왔다. 보조개 핀 뺨으로 해맑게 웃으면서.

'와 — 쟨 도대체 뭐지?'라는 생각이 들 때마다 여고 시절 미술 선생님이 떠오른다. 그때 미술 선생님이 내게 그랬다. "이 자식은 도대체 무슨 생각이지…?"

학창 시절 내내 공부가 공부로 느껴지지 않은 과목이 몇 개 있었는데 국어, 체육, 음악, 미술이었다. 고등학교 때 심리학

과목도 그랬다. 특히나 미술 시간은 그야말로 발산의 시간이었다. 백지 위에다가, 또는 아무것도 없는 것으로부터 유有를 만들어가는 순간이 즐거웠다. 미술 전공자도 아니니 평가에 연연하지 않았고 마음에 거슬림이 없었다.

미술 선생님은 사십 대 중후반의 남자 선생님이었는데, 곱슬머리에 검정 뿔테 안경을 썼다. 누가 봐도 예술가처럼 보였다. 엄하고 무서운 남자 선생님들이 많았던 시절, 그런 무서운 선생님은 아니었지만 그렇다고 쉬운 느낌도 아니었다. 한여름에도 긴소매를 입고 있어서 흉흉한 소문이 많았다. 왕년에 조폭 생활을 했었다느니, 팔에 칼빵이 있다느니, 용 문신이 새겨진 걸 봤다느니…. 말 많은 여고에서 논란의 도마 위에 종종 오른 미스터리남이었다.

미스터리남이 가끔 우리에게 "하고 싶은 거 맘대로 해봐—" 하는 과제를 줄 때가 있었다. 그러면 엄청 신이 났다. 거리낌 없이 하고 싶은 것을 맘대로 했다. 주제도 자유, 종목도 자유, 그냥 모든 게 자유로웠는데 학교에서 이렇게 자유로운 시간은 유일하다는 생각을 했다.

자유의 시간에 나는 콜라주 기법을 활용하여 엄마의 자궁을 표현했다. 잡지나 신문지, 인쇄물에서 마음에 드는 색감의 사진과 그림을 오리고 뜯어 붙였다. 친구들 앞에서 작품에 대해 얘기를 해보라 해서 열심히 설명을 했다. 잡지를 뜯어 붙인 푸른 바닷속 벌거벗은 여인을 가리키며 우리의 시작은 엄마의 자궁에서부터였고, 인간 본연의 모습을 표현해보고 싶었다고 하자, 꺅— 푸하하하— 교실이 폭소의 도가니탕이 되었다. 선생님은 고개를 왼쪽 45도 각도로 기울인 채 피식— 웃었다. 실기 점수 70점 만점에 69점을 받았는데, 70점은 아무도 없었다. 원래가 거슬림이 없었으나 그때부터는 안심하고 더 까불기 시작했다.

"하고 싶은 거 맘대로 해봐—" 두 번째 시간에는 내 방 책장에 꽂혀 있던 소설가 염상섭의 위인전을 들고 갔다. 표지에 작가의 얼굴이 대문짝만 하게 실려 있어서였다. 흰 도화지 위에 4B연필로 다짜고짜 그분의 얼굴을 그려나가기 시작했다. 왼쪽 이마의 살구만 한 혹에 명암을 넣고 있을 때쯤 교실을 돌고 있던 선생님이 다가왔다. 내 행태를 지켜보던 미스터리남이 또 고개를 왼쪽 45도 각도로 기울이고 오른손으로는 턱을 매만지며 말했다.

"이 자식은 도대체 무슨 생각이지…?"

이번에는 64점을 주었는데 배워본 적 없는 데생 실력이었으니 이 정도면 많이 봐준 거라 생각했다. 지우개 도장 파기를 할 때는 구불텅구불텅 요상한 글씨체를 만들어 내 이름 석

자를 새겨넣고, 스스로도 웃겨서 "슨생님, 이것 좀 보세요—"라고 말하며 도장을 쑤욱 내밀었더니, "뭐야, 잘했잖아"라고 말해주었다.

그때 선생님께서 '넌 왜 맨날 이상한 짓만 하냐' 혹은 '그게 아니고 이렇게 해야지'라고 말했다면 어땠을까. 그리고 그러한 내 행태의 결과물에 대해 기준 미달의 점수를 주었더라면. 아마도 다시는 엄마의 자궁 같은 것은 떠올리지 않았을 것이고, 횡으로 걸어 다니며 괴이한 행동을 하여 횡보라는 호를 가진 어느 소설가의 주름진 미소 같은 것도 떠올리지 않았을 것이다. 무엇보다 미술 시간은 더 이상 자유의 시간일 수 없었겠지.

소년 ㅂ의 엄지손가락을 슬쩍 눌러본다. 뿡— 하면 반 전체가 까르르한다. 요플레는 맛도 향도 좋으니 욕은 아닌 것 같아서 요플레 쌤— 이라고 부르면 왜— 라고 답한다. ㅈ의 기발한 실험 정신에는 박수를 보냈다. 하지만 그냥 두면 진짜 그럴 것 같아서 에둘러 말렸는데, 지금 생각해보니 그냥 둬도 괜찮았을 것 같다. 말 머리 가면을 머리에 쓰고 있는 ㅇ에게로 가서는 찰칵 사진을 찍어주었다. 말 머리가 된 채 박제된 자신을 보는 것, 목적은 자기 객관화이다. ㅊ에게는 그렇게 차를 쫓아오면 위험하니 조심하자고 해맑게 웃으며 말했다. 며칠 전 내 생일에 그 ㅊ으로부터 연락이 왔다. 열다섯이었는데 곧 열아홉이 된다. 쌤 차 뒤를 따라다녔던 시절이 그립다면서, 영원한 팬클럽이라며 꾸덕한 핸드크림 선물을 보내왔다. 카톡에서도 여전히 아알ㅋㅋㅋㅋㅋㅋ, ㅎㅎㅎㅎ를 보내며 해맑게 웃고 있었다. ㅊ의 시원한 웃음소리가 들리는 것 같았다. 보조개 핀 뺨과 얼굴이 그려졌다.

이상한 너희들을 보면 조금 더 이상했던 내가 생각나고, 그런 이상한 나를 이상했지만 흥미롭게 봐주시던 그 시절 미스터리남 미술 선생님이 생각난다. 이상하지 않은 사람들이 혹여나 소외감을 느낄까 봐 말하자면, '나는 전혀 이상하지 않은데'라고 생각하고 있는 그대도 송구하오나 이상할 것이다. 우리는 이상한 구석 두어 개는 장착하고 살아간다. 티를 내지 않으려 해도 티가 난다. 이쯤 되면 서로의 이상함을 연민하며 긍정하고 어렵더라도 흥미롭게 바라봐주면 어떠하려나. 조금 이상하더라도 괜찮을 수 있겠다. 다시 말해 우리는 모두 이상한 나라에서 온 작고 흥미로운 존재들이니까.

나를 돌보는 일

아침이다. 눈을 뜨고 첫 번째 할 일은 가족들에게 아침을 알리는 일이다. 직장이 코앞인 남편은 좀 더 자도록 두고, 아이 방으로 가서 "아침입니다— 아침이요—" 하면, 본격적인 아침 루틴이 시작된다. 창밖으로 가을 냄새가 물씬 풍긴다. 초1 아이가 등교 준비를 하는 모습이 내 마음에 들 리 없지만, 지켜본다. 관심 가득한 무관심, 따뜻한 무관심을 되뇌며 인내한다. 씻고, 입고, 묶고(머리카락), 먹고 나면, 아이의 손을 잡는다. 오늘도 주어진 하루를 위해, 즐겁고 평온한 너의 오늘을 위해 온 맘으로 기도해준다.

그사이 남편이 일어나서 어기적어기적 집 안을 왔다 갔다 하면, 간단해도 나름 5대 영양소가 갖춰진 아침을 내놓는다. 아침 루틴 사이사이 창밖으로 보이는 가을을 흘끗거린다. 남편이 현관으로 간다. "다녀오세요~" 할 때의 목소리가 너무 신나게 들리지 않도록 주의한다. 모두 갔다. 거실 테이블에 정자세로 앉아 아침 내내 곁눈질로 흘끗거리던 가을을 이윽고 마주한다. 뒷산은 초록이 벗겨지고 잎새마다 가을이 농익어가고 있다.

휴직을 하면 자유롭게 나다닐 수 있을 줄 알았는데, 그렇지가 않다. 초1 하교 시간은 유치원보다 훨씬 빠르고, 주말도 아이의 취향을 고려하지 않을 수 없다. 할 수 있을 법한데 하지 못해서 더 아쉬운 시간이 흐르고 있다. 노트북을 켜고 브런치에 접속해본다. 아까부터 새 글이 올라왔다는 알람이 울리고 있었다. 브런치 메인 화면을 보는데, 작은 글씨로 브런치가 묻고 있었다.

—계절을 잃어버리셨나요?

역시 브런치는 감수성 가득한 플랫폼이구나 생각했다. 가을이 되니 마음을 휘젓는 이런 찰떡같은 질문을 던지는구나 싶었다. "맞아요"라고 소리 내어 답한다. 혼잣말이 익숙해질 나이가 되어가는 게다. 근데 이걸 왜 묻지? 설문 조사 중인가 싶어 다시 들여다보니 헉!

—계정을 잊어버리셨나요?

?????

아… 이런 아직 노안은 아닌데, 잠이 덜 깬 것도 아닌데. 계절을 계절로, 잊다를 잃다로 제멋대로 읽어버렸다. 이것은 분명 가을을 마주하고 있는 애달픈 마음이 벌인 장난질일 것이다. 핫하하… 더 안쓰러워지기 전에 웃음으로 마무리 짓는다.

가을이 농익어가는 걸 보며, 스스로 계절을 잃어버리고 있다고 생각했나 보다. 애달픈 마음이 뇌의 착각을 불러왔나 보다. 계절을 잃어버린 자. 이 말은 종종 학교에서 소녀 소년들에게 던지는 말이다. 정녕 계절을 잃어버린 자들은 학교에 있다.

찬바람 쌩쌩 부는 3월의 어느 날이었다. 점심시간이 되어 급식실 앞에서 줄을 서 있는데, 검은 패딩 무리들 틈으로 살굿빛 형체가 아른거린다. 열다섯 소년 ㄹ이다. ㄹ을 본 순간 기겁해서 소리쳤다. "ㄹ아! 안 추워?!" 검은 패딩 사이로 보이던 살굿빛 형체는 다름 아닌 소년 ㄹ의 팔다리였던 것이다. 추위 속에 반팔을 입고 급식을 기다리고 있었다.

"ㄹ아, 왜 이러는 게냐. 계절을 잊고 사니. 춥지도 않니. 혼자 여름이니. 이 추위에 이게 다 뭔 일이냐. 이러지 말자. 이건 아니다. 엄마가 아시면 얼마나 속상하시겠니." 선생님의 진심으로 기겁한 조언을 듣던 ㄹ은 "하나도 안 추운데요. 시원해요—"라고 답한다. 진심일까. 아무리 열이 펄펄 끓는 청춘이라도 이 추위에 반팔은 말이 안 되는 것이다. 〈나는 자연인이다〉 냉수마찰 할아버지도 아니고 이 무슨. 귀찮아서 저러는 걸까? 뭐가 귀찮지? 반팔 입을 시간에 긴팔을 입으면 되잖아. 아, 열다섯의 속내는 알다가도 모를 일이다.

교실에서도 이런 일이 종종 있다. 한여름에 긴 옷을 입고 땀을 뻘뻘 흘리고 있다거나, 한겨울에 달랑 티셔츠 한 장 걸치고 오들오들 떨고 있기도 한다. 곰인가 인간인가. "안 덥니? 겉옷을 좀 벗는 게 어떠니." "안 춥니? 제발 옷을 입자. 아이고" 같은 말을 할 때면, 자신도 미처 알지 못했다는 듯 겉옷을 벗거나 주섬주섬 껴입는 소녀 소년들이 있다.

한겨울에 교복 치마를 입은 소녀들을 볼 때면 안쓰럽기 그지없는데, 그 와중에 스타킹도 신지 않고 맨다리로 다니는 소녀들을 볼 때면 내 다리가 다 얼얼하고 따갑다. 입술은 퍼렇고 종아리는 발개진 소녀가 맨다리도 패션이라고 한다. 그러면 나는 더울 때 시원하게, 추울 때 따뜻하게 입는 게 진정한 패션 아니겠냐, 라고 씨알도 안 먹힐 소리를 한다.

계절을 잃어버린 소녀 소년들을 볼 때면 마음이 쓰리다. 추위 속에 오들오들 떨고 있는 내 몸을 그냥 내버려둔다. 나를 내버려둔 채 돌보지 않는다. 스스로를 함부로 대하고 있는 것 같아 마음이 영 불편하다.

어찌 보면 학교에서의 배움은 다 내 몸과 마음을 돌보는 과정이다. 체육 시간에 땀 뻘뻘 흘리면서 공도 차고 뛰고 구르는 것은 건강한 신체를 위함이다. 가정 시간에 의식주를 배우고, 자기 관리와 안전에 대해서 배우는 것도 나를 돌보는 공부이다. 국어 시간에 문학을 통해 자신의 삶을 성찰하는 과정도 나를 돌보는 것이고, 점심시간마다 영양소 골고루 갖춘 맛있는 급식을 먹는 일도 나를 돌보는 과정이다. 음악, 미술, 사회 등등은 말해 뭣하랴.

나를 돌보는 일의 출발은 내 몸을 돌보는 일이다. 신선한 음식을 먹고, 운동도 하고, 추울 땐 따뜻하게, 피곤하면 좀 쉬고, 일찍 자고. 물론 우리에겐 부모님이라는 든든한 양육자가 있지만, 부모님의 돌봄은 아동기까지만 기대하기로 한다. 부모님의 돌봄으로 지금의 어엿한 소녀 소년들이 있지 않은가. 이미 충분한 돌봄을 받아왔다. 내 몸은 내가 가장 잘 아는 법이다. 나를 잘 돌볼 줄 아는 사람이 행복하고, 자신을 돌볼 줄 알아야 타인을 돌볼 수 있다.

곧 겨울이 다가온다. 독한 감기에 걸려 지독하게 고생하기 전에 스타킹 챙겨 신고, 빵빵한 패딩을 꺼내자. 그 전에 산으로 들로 나가 가을을 누려봐야지. 그런 의미에서 나는 나를 돌보기 위해 노트북을 닫고 현관으로 나서야겠다. 계정을 잃어버리는 한이 있더라도 계절은 사수해야겠다. 혼자서 낙엽에 얼굴이라도 비벼봐야겠다.

네 얼굴이 어때서

내 남편의 신체적 특징 중 두드러지게 특이한 점은 털이다. 그냥 많은 정도가 아니라 말로 표현할 수 없을 만큼 많다. 운전 중 음성 인식 버튼을 누르고 "털보 씨"라고 말하면 남편에게 연결이 된다.

연애 시절 던킨도너츠에서 도넛을 먹다가 남편의 팔을 보고 화들짝 놀란 일이 있다. 여름이었고, 반팔을 입고 있는 남편의 팔에 누가 볼펜으로 낙서를 해놓은 줄 알았다. 내가 놀란 눈으로 쳐다보자 남친이었던 내 남편은 껄껄거리며 웃었다. '털'은 남편의 학창 시절 콤플렉스였다. 친구들에게 보이기 싫어서 여름에도 땀을 뻘뻘 흘리며 긴팔 체육복을 입었다. 하루는 큰맘 먹고 면도칼로 다리털을 밀고 반바지 체육복을 입었는데, 친구들이 보자마자 "OO이 다리털 면도했다"라고 말했단다. 반바지 체육복은 그날 이후 다신 볼 수 없었다.

가끔 소녀 소년들이 이상형을 물을 때가 있다. 오늘은 수업 중 소년 ㄱ이 내게 이상형에 가까운 연예인이 누구냐고 물었다. 우리가 잘 아는 연예인 중에서 이상형을 꼽으라고 하면 망설임 없이 "유재석"이라고 답한다. 그러면 소녀 소년들은 "에이— 거짓말—"이라고 말하거나 그런 눈빛을 보낸다. 장난 그만 치시고 이제 진실을 말하라는 듯한 눈빛이다. 그래도 진짜 진짜 내 이상형은 유재석 님이라고 하면 "네～? 진짜요오～? 왜요～?"라고 반문한다. 학창 시절 좋아하는 가수는 누구였냐고 하면 god를 말한다. 멤버 중 누구를 좋아했느냐고 물으면 "김태우"라고 답한다. 그러면 신기하다는 듯 또 "왜요?"라고 묻는다(유재석 님, 김태우 님 죄송합니다). 그런 대답 말고, 진짜 잘생긴 사람 중에 한 명을 말해달라고 하면(애들이 철이 없어 죄송합니다) 공유 님을 이야기한다. 소녀 소년들은 그제야 "아～"라며 수긍한다.

쓸쓸한데 사실이다. 다수의 열다섯들은 인간을 설명하는 간단하고 명쾌한 방법으로 '외모'를 택한다. 그 기준에 의하면 인간은 예쁘고 잘생겼거나 혹은 못생겼거나 둘 중 하나이다. 눈에 띄게 예쁘거나 잘생기진 않았는데 그럭저럭 봐줄 만하면 '훈훈하다' 정도로 표현한다. "그 사람" 혹은 "그 아이는 어때?"라고 물으면 "못생겼어요" 또는 "예뻐요"라고 답한다. 쓸쓸한데 사실이다.

타인의 외모에 엄격한 잣대를 들이미는 소녀 소년들은 자신들의 외모에도 매우 엄격하다. 아침에 일어나서 밥은 건너뛰더라도 헤어스타일은 완벽해야 한다. 머리카락 몇 가닥이 고집불통인 날엔 머리를 다시 감는다. 지각을 하더라도 파우더 팩트를 두드리고, 헤어롤을 말아야 한다. 아침에 거울 앞에서의 시간은 오늘 하루치의 자존심을 충전하는 시간이기에 더없이 소중하다. 반대로 이 시간을 이해하기 어려운 어른들은 속이 답답하다. 저럴 시간에 밥 한 숟가락이라도 더 뜨고 갔으면 싶은데, 마음의 소리가 밖으로 나오는 순간엔 우주 대폭발이 예상되기 때문에 참는다. 후— 심호흡을 하고 나는 지금 우주에 있다고 생각한다. 아무것도 보이지 않고 아무것도 들리지 않는다.

그러니까 열다섯의 소녀 소년들은 멋 부리기에 매우 열중하거나, 덜 열중하거나, 조금 열중하거나이다. 간혹 속세의 것에 전혀 관심이 없는 도인 같은 친구들이 있기는 하지만, 그들도 자세히 보면 이것만큼은 양보할 수 없다는 나름의 마지노선이라는 것이 있다. 예를 들면 가르마의 황금 비율이라든가, 반듯한 앞머리 라인이라든가.

소녀 ㅁ은 풀메이크업을 하고 학교에 온다. 신부 화장을 곱게 하고 자리에 앉아 있다. 선생님과는 최대한 눈을 마주치지 않으려고 머리카락으로 얼굴을 가리고 고개를 숙인다. 이 정도의 메이크업을 하고 오려면 여섯 시 이전에는 일어나야 한다고 한다. 그렇게 일찍 일어나면서까지 화장을 하고 오는 이유가 무엇이냐고 물으니 용기가 없어서라고 했다. 화장을 하지 않은 자신의 생얼을 마주할 자신이 없다고 했다. 그렇다면 그 소녀는 상당한 추녀이겠거니 생각할지 모르겠지만 소녀

ㅁ은 상당한 미인이다. 너는 네 모습 그대로 정말 예쁘고 사랑스럽다고 말했더니 고개를 절레절레 흔든다. 진심인데 빈말로 받아들이는 것 같았다.

소년 ㅇ은 헤어스타일이 시도 때도 없이 바뀐다. 소년의 아침 시간은 충분히 상상할 수 있다. 투블럭, 포마드컷, 5:5 가르마, 7:3 가르마, 긴 앞머리, 짧은 앞머리, 올백…. 남성 헤어 잡지에 나올 법한 다양한 헤어 스타일링을 볼 수 있다. 어느 날은 5:5 커튼 앞머리가 눈을 찌르고 있었다. 살포시 커튼을 열어주려고 하자 소스라치며 고개를 뺀다. 남자는 머리빨이라더니 소년들에게 헤어는 건드려서는 안 될 영역이라는 것을 실감했다. 그리고 내 눈엔 더벅머리로 보이더라도 나름의 견고한 법칙과 포인트가 있다는 것을 알게 되었다. 소년 ㅇ에게 너의 머리카락이 조금 피곤할 것 같다고 말하니 자기는 얼굴이 커서 헤어스타일이 중요하다고 했다. 그렇다면 그 소년은 상당한 대두이겠거니 생각할지 모르겠지만, 소년 ㅇ의 머리 크기는 상당히 정상이다. 네 머리 크기는 지극히 정상이고 가만히 둬도 멋있다고 말했더니 역시나 빈말로 받아들이는 것 같았다. 진심이었는데 말이다.

소년 ㅈ은 365일 다이어트를 하고 있어서 늘 피곤해 보인다. ㅈ의 생기 있는 모습은 좀처럼 보기가 힘든데 "근래 살이 좀 빠진 것 같다?"라고 말했더니 눈빛에 생기가 돌았다. 소년 ㅂ은 자신의 마른 몸이 싫다고 했다. 먹어도 먹어도 살이 찌지 않아서 스트레스를 받는다고 하자, 같은 반 소녀들이 벌 떼같이 달려든다. 지금 우리 들으라고 하는 말이냐고, 짜증 난다고, 축복받은 유전자 같으니라고, 부럽다, 부러워…(이건 나도 좀 부럽다).

소녀 소년들은 대부분 자신의 얼굴과 몸에 불만이 있다. 비교 대상이 티브이에 나오는 아이돌이나 연예인이기 때문에 그렇다. 어릴 때부터 자연스럽게 노출된 미의 기준을 또 자연스럽게 자기 자신에게 적용시킨다. 티브이 속 인형 같은 외모의 연예인을 보다가 거울 속 내 모습을 마주할 때의 괴리감과 자괴감은 있는 그대로의 나와 내 몸을 미워하게 만든다. 있는 그대로의 내 몸을 사랑하지 못하는 존재가 된다. 고등학교 때 화학 선생님께서 "너희들은 꾸미지 않아도 있는 그대로 너무나 예뻐"라고 하셨을 때 나 역시 빈말로 넘겼다. 그런데 지금 소녀 소년들을 보면서 나도 똑같은 생각을 한다. 이렇게나 예쁘고 사랑스러운 존재들이 자신을 사랑해주지 못하는 모습이 몹시 안타깝다.

또 많은 경우 마음속에 공허함을 가지고 있다. 채우고 싶은데 채워지지 않아서 채울 수 있을 만한 것을 선택한다. 외모를 가꾸는 일은 빠르고 확실하게 만족감을 느끼게 하지만, 유효기간이 짧다. 외모 가꾸기에 열중하는 것은 텅 빈 마음을 채워줄 수 없고 더 깊은 공허를 느끼게 한다.

소녀 소년 시절에 자신의 몸, 외모에 관심을 가지는 것은 지극히 자연스러운 과정이다. 외모를 가꾸는 일이 나만의 분위기와 색깔을 찾아가는 과정이라면 말이다. 스스로를 아끼고 사랑하는 마음으로 내면이 꽉 채워져 있다면 말이다. 내 몸을 있는 그대로 사랑하고 자신 있게 드러낼 수 있다면 말이다. 숨기고 감추기 위해 꾸미는 게 아닌, 내가 가진 것을 더 멋지게 드러내기 위해 꾸밀 수 있다면 말이다.

내가 생각하는 콤플렉스는 사실 콤플렉스가 아닐 수 있다. '털'을 평생의 콤플렉스로 여기며 살아왔던 남편이, 사랑하는 여친 앞에서 복슬복슬한 털을 내보이며 껄껄껄 웃었다. 어느 순간부터 그것이 남들과 다른 자신만의 고유한 특성이라는 생각이 들었다고 한다. 그러니 더 이상 숨길 필요도 없어졌다. 다른 사람들 앞에서 '털'이라는 콤플렉스를 웃음으로 승화시킨 것도 같았다. 남편이 껄껄껄 웃어서 나도 덩달아 마구 웃었다. 여름에는 모기가 팔에 앉았다가 털 지옥에 갇혀서 못 나가고 있는 것을 보고서 또 같이 웃었다. 그냥 웃어버리니 콤플렉스는 더 이상 콤플렉스가 아니었다. 남편이 그때 그것을 감추었다면 나는 남편을 어딘가 하자 있는(?) 남자로 생각했을지도 모른다. '털' 때문에 남편과의 결혼에 대해서 다시 생각해본 적도 없다. 나는 복슬복슬한 느낌이 좋아서 종종 남편의 팔을 쓰다듬는다.

"있잖아, 어딘가 미완성된 외모 같은데 자존감 높고 당당한 사람들이 그렇게 멋져 보이더라"라고 말하자 소녀 소년들의 눈빛이 반짝인다. 주위를 둘러보면 그런 사람들은 꽤 많다. 경험상 그들의 묘한 매력에 빠지면 좀처럼 빠져나오기가 힘들다. 사실 그들의 외모는 이미 완성이다. 나 자신이 못나 보이는 순간이 오더라도 너무 오래 미워하진 않았으면 좋겠다. 타인의 평가에 휘둘릴 필요도 없다. 너무 오래 아프지 않게 나와 내 몸에 친절을 베풀 수 있는 존재, 나와 내 몸을 보듬어주고 사랑해줄 수 있는 첫 번째 존재는 나다. '있는 그대로'에서 약간의 '자신감'만 첨가하면 된다. 자기 자신에게 사랑받는 사람은 빛이 난다. 사람은 누구나 빛이 나는 사람에게 끌리게 되어 있다. 나는 미완성 같으나 당당하게 웃을 줄 아는 털보 내 남편이 좋다.

존재의 이유

티브이 예능 프로그램 〈미운 우리 새끼〉에서 임원희 씨가 애완돌 돌돌이를 키우는 모습을 본 적이 있다. 애완용… 돌이었다. 반질반질 매끈하게 생긴 그냥 돌이었다. 임원희 씨는 돌돌이라는 이름의 돌에게 말을 걸고 쓰다듬거나, 가만히 있는 돌에게 "이리 와" "조금만 더 힘내!"라며 훈련을 시키기도 했다. 임원희 씨의 절친 정석용 씨는 이 모습을 짠하게 지켜보고 있었다. 바캉스에도 돌돌이를 데려갔다. 돌돌이에게 밀짚모자를 씌우는 모습을 보고 정석용 씨가 이번에는 "미쳤냐, 너?"라고 말했다.

짠함과 웃음을 유발하는 장면이긴 했지만, 어쩐지 그 마음이 이해가 되기도 했다. 돌돌이를 바라보는 그의 눈에서 꿀이 뚝뚝 떨어진다. 어딘지 항상 메마르고 짠해 보이던 그에게도 이런 생기가 있었다니. 손바닥보다 작은 돌을 어루만지는 손길이 어찌나 다정해 보이던지, 사랑이 가득했다.

그는 돌돌이라는 존재에게 의미를 만들어주고 있었다. 동시에 돌돌이로부터 나라는 존재를 확인하고 있기도 했다. 돌돌이는 나에게 행복을 주는 것이면서 동시에 존재의 이유를 정당화시켜주기도 한다. 주변에서도 가끔 비슷한 사람들을 본다. 우리가 은연중에 하찮게 여기던 그 무엇으로부터 행복을 느끼고, 실재하는 자신을 확인한다. 너를 아끼고 사랑하는, 또는 그것을 의미 있게 바라보는, 그러한 행위를 하고 있는 나라는 존재의 이유를 확인한다.

학교에서 새 학기가 시작되면 각 반에 한 명씩 국어 도우미를 정한다. 특별히 막중한 임무를 맡는 것은 아니고 가끔 수업에 필요한 준비를 돕는 정도이다. 그래도 봉사시간을 부여하기 때문에 뭐라도 나름 역할을 준다. 올해는 일주일에 한 시간씩 시집을 읽을 때마다 시집이 들어 있는 카트를 옮기는 일을 맡겼다. 수업이 시작되기 전 교무실에 와서 시집이 들어 있는 카트를 끌어서 교실까지 옮기는 일이다.

그런데 이 일을 맡기고 일주일도 안 되어 후회했다. 이곳이 남중이라는 사실을 고려하지 못했다. 카트가 교실에 도착하기까지의 여정이 그리도 험난할 줄은 몰랐다. 도우미가 카트를 탈탈탈 끌고 가면 여기저기서 달려들어 한 번씩 끌어보고, 들어보고, 건드려보고, 장난을 쳤다. 끓어오르는 에너지를 발산할 구멍이 생겼다. 멀찍이 그 모습을 지켜보면서 음, 이건 저 자들의 잘못이 아니다, 내가 괜한 걸 시켰구나, 카트가 곧 유명을 달리하겠는걸 싶었다.

시집을 담은 카트가 고달파 보이기 시작할 때쯤, 이쯤에서 그만둬야겠다 생각했다. 각 반에 들어가서 앞으로 시집 운반은 선생님이 하겠다고 했다. 대부분 도우미들은 할 일이 줄어드니 반가워했다. 그런데 1반에서만 탄식이 쏟아졌다. "헐…." 1반 소년들은 유독 안타까워하는 낯빛이었다. 그때 한 소년이 말했다.

"선생님, ㅁ이는 국어 도우미 하려고 학교 오는데요!"

나는 당연히 농담이라 생각하고 웃었다. 평소 순하고 착한 소년 ㅁ에게 장난을 치는구나 생각하며 ㅁ을 바라보았다.

소년 ㅁ의 눈빛을 보고 나는 잠시 당황했다. 열다섯 소년의 실망이 가득한 눈빛, 그 눈빛을 바라본 순간 장난이 아니라는 것을 깨달았다.

"ㅁ아, 정말?"

"네…."

"응…?"

"맞아요. 학교 오는 이유가 없어졌어요."(ㅠㅠ)

국어 도우미를 정할 때, 내게는 중요한 선정 기준이 있다. 성적도 아니고, 외모도 아니고, 인기도 아니다. 학기 초이므로 성실함도 알 수가 없다. 유일한 선정 기준은 바로 '간절한 눈빛'이다. 서로 하겠다고 손을 들고 달려드는 욕구들 속에서 가장 간절한 눈빛을 발산하는 자를 뽑는다. 그 수가 많을 때는 가위바위보로 정하는데, 소년 ㅁ이 가위바위보에서 이겼을 때, 우리는 짐승의 울음소리를 들었다.

"오와아ㅡㅡㅡ!"

이보다 더 간절할 순 없었다.

ㅁ이 국어 과목을 남달리 좋아한다고 생각할 수도 있겠지만, 그렇지가 않다. 수업 시간엔 꾸벅꾸벅 졸고, 공부에는 좀처럼 관심이 없다. 주로 의욕 없이 앉아 있다. 그런 ㅁ이 국어 도우미로서 카트를 옮기러 교무실에 올 때는 얼굴에 생글생글 생기가 넘쳤다. 교무실 문 앞에서 예의 바르게 인사를 하고 수줍은 모습으로 카트를 가져갔다. 누구보다도 성실했다. ㅁ의 담임선생님께서는 "이야 ㅁ아, 다른 시간에도 좀 그렇게 해보자"라며 ㅁ을 에둘러 칭찬했다.

ㅁ에게 카트를 옮기는 일이란 오늘, 지금, 학교에서 존재의 의미를 찾는 일이었을지도 모를 일이다. ㅁ이 시집이 든 카트를 무사히 교실로 옮겨야만 우리는 한 시간 동안 별 탈 없이

수업을 할 수가 있다. 아이들은 ㅁ이 옮겨준 시집을 하나씩 들고 시를 감상한다. 카트를 끌고 복도를 이동하는 순간의 ㅁ은 스스로 의미 있는 존재가 된다. 혹은 수줍게 웃으며 교무실 문을 열고 들어오는 순간이 그 의미였을까.

열다섯 소년에게서 학교에 오는 이유, 존재의 이유를 빼앗을 수는 없었다. 카트를 소년에게 돌려주어야 했다. ㅁ에게만 카트 옮기는 일을 허하겠다고 했다(남들이 들으면 웃을 일이다. 이게 뭐라고). 대신 카트를 더욱 소중하게 대해주기를 당부했다. 우리는 다시 한번 짐승의 울음소리를 들을 수가 있었다.

"오예ーーー!"

바캉스에서 임원희 씨는 돌돌이를 잃어버렸다. 돌돌이가 물속에 빠진 건지 도저히 찾을 수가 없었다. 바캉스에 돌돌이를 데려온 자신을 탓하며 계속 서성대는 후회와 상실의 뒷모습이 더욱 짠하게 느껴졌다. 카트 옮기는 일을 그만두라 했을 때의 ㅁ의 표정과 같았다. 그러나 몇 달 후, 임원희 씨는 새로이 존재의 의미를 찾은 듯했다. 이번엔 포켓몬빵 띠부띠부씰!

포켓몬빵 띠부띠부씰을 모으기 위해 편의점 빵지순례를 하는 장면에서 다시금 그의 생기 있는 모습을 볼 수 있었다. 소장하고 있지 않던 딱구리씰이 나오자 아이처럼 해맑게 웃으며 기뻐했다. 이땐 시청자도 함께 감격하고 환호할 수밖에 없었다. (ㅠㅠ) 의미 있는 존재들을 만들어가는 인생도 좋을 것 같다. 내게 의미 있는 존재는 무엇인가. 나를 의미 있는 존재로 만드는 것은 무엇인가. 그런 의미에서 당신의 돌돌이와 띠부띠부씰을 정열을 다해 응원한다.

아, 소년이여

방과 후, 시리와 빅스비의 랩 배틀이 시작되었다. 열다섯 소년 ㅁ과 ㄹ이 휴대폰을 들고 흥미진진한 대결을 벌이고 있다. 소년 ㅁ은 아이폰을 들고 있고, 소년 ㄹ은 갤럭시를 들고 있다. 아이폰 인공지능 비서의 이름은 시리이고, 갤럭시 인공지능 비서의 이름은 빅스비이다. 시리와 빅스비의 랩 배틀, 사뭇 기이한 한판 승부가 시작된 것이다.

새어 나오는 웃음을 참으며 대결을 주시했다. 소년 ㅁ이 "시리야, 랩해줘"라고 하자 시리가 랩을 한다. 아나운서 같은 목소리로 선량한 랩을 뱉어냈다. 이에 질세라 소년 ㄹ이 "하이 빅스비, 랩해줘"라고 하자 빅스비 역시 랩을 시작한다. 쿵작거리며 1980년대 뉴욕에 온 느낌의 올드스쿨 랩을 뱉어낸다. 공부밖에 모르던 친구가 갑자기 랩에 빠진 것 같은, 혼자서만 진지한 랩이었다. 내가 당장 랩을 하면 저런 랩을 할 것 같다. 누가 이겼다고 할 수 없는 웃긴 승부였다.

이제는 전자기기에 말을 거는 일이 어색하지가 않다. 그리고 간혹 AI의 너무나도 AI스러운 답변에 웃음이 터지기도 한다. 감정이 배제된 다소 엉뚱한 답변들, 혹은 지나치게 정답 같은 답변들 말이다. 미래까진 모르겠지만, 현재로서 인공지능은 감정을 나누는 존재로 여겨지진 않는다. 감정 언어를 사용하지만, 마음이 통하는 느낌은 받을 수가 없다. 말 그대로 영혼 없는 답변을 듣고 있으니 말이다.

우리 반에는 인간 AI가 있다. 시리에게 랩을 시키는 열다섯 소년 ㅁ은 별명이 AI이다. 친구들과 선생님들은 ㅁ의 별명이 AI인 것에 격하게 공감을 하고, 나도 처음 그 별명을 들었을 때 곧바로 수긍할 수밖에 없었다. 별명을 지은 이가 누구일까. 참 안성맞춤 별명을 지어주었다.

일단 소년 ㅁ은 AI처럼 뭐든 잘한다. 마치 로봇이 명령어대로 실행하듯 공부도 잘하고, 체육도 잘하고, 미술도 잘하고, 누가 정답 버튼을 누른 것처럼 질문을 던지면 딱 정답을 이야기한다. 태어나서 수학이 어렵다고 느껴본 적이 한 번도 없다고 했다. 감정의 동요가 크지 않고, 용모도 단정하다. 그리고… 공감을 잘 못한다. 소년 ㅁ은 자기소개 시간에 자신은 공감 능력이 떨어지는 편이라고 소개했다.

언젠가 소년 ㅁ과 대화를 할 때였다. 솔직히 자기는 상대방의 감정에 공감은 되지 않지만, 어떤 대답을 해주어야 하는지는 알고 있다고 말했다. 그래서 공감하는 것처럼 보이는 대답을 한다고 했다. 소년 ㅁ 나름의 빅데이터가 존재하는 걸까. 너도 너대로 애쓰며 살고 있구나, 생각했다. 소년은 몰랐겠지만 사실 소년이 그럴듯한 대답을 하고 있다는 것은 알고 있었다. 모를 수가 없다. 일상에서 본인이 공감할 수 없는 이야기가 나오면 일단 눈이 동그래진다. 그리고 버벅거린다. 지금 이 순간 무슨 대답을 해야 하나, 어떤 반응을 보여야 할까 고민하는 모습을 자주 들킨다. 그 순간을 나는 버퍼링이 걸렸다고 표현한다. ㅁ의 이야기를 듣고 넌 참 솔직한 것 같다고 말하며 웃으니, 역시나 버벅거리며 쳐다보았다. 저 녀석 또 버퍼링 걸렸네. 나는 집게손가락으로 소년의 손등을 꾹 눌렀다. 지금은 같이 웃거나 대답할 타이밍이라고 버튼을 누르듯 손등을 꾹 눌러 알려주자, 쑥스러운 듯 웃었다.

그런데 열다섯 소년들 중에는 소년 ㅁ과 같은 아이들이 꽤 많다. 정도의 차이는 있지만, 어느 정도는 AI 같은 면모를 갖추고 있다. 꽃 피는 5월에 꽃 사진을 찍으러 나가자고 했을 때, 소년들이 물었다. "왜요?" 국어 시간에 시집을 펼쳐 들고 시를 낭송해주었을 때도 물었다. "뭔 소리예요?" 슬픔에 대해서나 그리움에 대해서 이야기를 했을 때, 소년들은 몇 초의 정적이 흐른 후, 다시 말해 잠시 버퍼링 상태로 버벅거리다가 짐짓 이해하는 척을 했다.

주로 그렇게 이해하는 척을 한다. 나는 그 순간이 재미있어서 종종 일부러 그들이 공감할 수 없는 이야기들을 던지곤 한다. 눈도 귀도 없이 살고 싶어서 장래 희망에 지렁이라고 적은 아이, 목청 없이도 울음 우는 지렁이처럼 울고 있는 한 아이의 이야기나(남호섭, 〈꿈〉), 어제도 오늘도 아니 잊고 먼 훗날 그때에 '잊었노라'라고 말할 수밖에 없는 이의 마음이라든가(김소월, 〈먼 후일〉), 보고픈 마음 호수만 하니 눈 감을 수밖에 없는 마음(정지용, 〈호수〉), 울음이 타는 가을 강을 바라보는 이의 마음(박재삼, 〈울음이 타는 가을 강〉)들에 대해서 이야기한다. 그러면 역시 동그란 눈으로 멀뚱멀뚱 쳐다보거나, 버벅거리다가 누군가는 고개를 끄덕이고, 누군가는 고개를 갸우뚱한다.

그런데 AI 소년이 어쩐지 요즘 들어 자주 고장이 난다. 종종 엉뚱한 이야기를 하기도 하고, 실없이 웃기도 하고, 가끔 실수도 하고, 수다쟁이처럼 수다를 떨기도 한다. 도서관에서 빌려 읽는 책도 주로 달달한 내용의 책들이다. 친구들과 선생님들은 요즘 AI가 고장 난 것 같다고 이야기한다. 뭔가 변화가 일어나고 있는 것 같긴 하다.

호르몬의 영향인 걸까. AI의 진화인 걸까. 어찌 되었든 담임으로서 그 과정을 지켜보는 재미 또한 쏠쏠하다. 소년 AI는 지금 세상을 배워가고 있다. 완전한 타자로 존재하던 세계가 조금씩 내게로, 내 안으로 들어온다. 사람들이 어울려 살아가는 모양과 질서, 세계 안에서의 배려와 존중, 나 아닌 누군가의 아픔과 그리움, 슬픔과 사랑이 조금씩 보이기 시작한다. 자신뿐만 아니라 타인의 감정을 이해하고, 공감하는 능력이 커간다.

공감하는 마음은 슬픔을 기다려주고, 인간을 덜 외롭게 한다. 그리고 세상을 좀 더 따뜻하게 데워준다. 학교 폭력도 너의 아픔과 슬픔을 이해하지 못하기 때문에 발생한다. 공감하지 못하는 자는 자신의 잔인함조차 옳기 때문이다. 공감하는 마음은 나와 세계를 이어준다. 부모님, 친구, 선생님, 의미 있는 타자와의 만남을 통해서, 혹은 책이나 영화를 통해서 공감의 마음이 자라난다. 열다섯의 세계가 확장된다.

오늘 학교 도서관 행사로 많은 학생과 선생님들이 도서관을 찾았다. 나는 올해 도서관 업무를 맡았고, 오늘의 행사 주관자도 당연히 나였다. 도서관을 찾은 손님(?)들에게 이런저런 먹거리를 제공하느라 분주했고, 잠시 앉아서 숨을 돌리고 있을 때였다. 소년 ㅁ이 슬며시 다가와서 물었다. "선생님은 뭐 좀 드셨어요…?" 못 먹었다고 말하자 몹시 안타깝다는 표정을 지어 보였다. AI가 지금 내 처지를 공감해주는 걸까. 슬며시 감동이 밀려왔다. 담백하고 따뜻하다. 다들 요즘 AI가 고장 난 것 같다고 하더니 확실히 그런 것 같기도 하다. 네가 고장 나서 어쩐지 나는 좀 즐겁다.

2

네 생각 둘,

흔들리고 쓸쓸해

가을밤과 성적과 가출

자꾸만 밖으로 나가고 싶은 계절이다. 건물 안에 있는 것이 낭비인 것 같은 시절이 왔다. 아깝다. 지금 나가지 않으면 저 청명한 하늘과 흘러가는 구름을 놓친다. 선선한 바람은 지나갈 뿐 멈추지 않는다. 어떤 핑계를 대서라도 틈만 나면 나가야 하는 계절이 흐르고 있다. 낙엽이 떨어지는 속도를 생각한다. 낙엽이 떨어지는 속도는 가을이 지나쳐가는 속도일까. 가을은 짧아서 야속하고 못내 아쉽다. 스치듯 지나가는 귀한 시절이기에 틈틈이 밖으로 나서야 하지만, 낮 동안의 현실은 건물 안을 탈출하지 못해 발만 동동 구른다. 시선은 자꾸 창밖을 향하고, 마음 못 잡은 엉덩이만 들썩인다.

하여 낮의 의무를 무사히 수행하고 난 후, 밤이 되면 슬그머니 현관을 나선다. 역시나 낮 동안 엉덩이 들썩이던 다수의 동지들이 가을밤을 만끽하고 있다. 할 수 있을 만큼 코 평수를 넓혀서 가을 밤공기를 들이마신다. 가을이 잔뜩 묻은 가을밤의 산소가 콧구멍을 지나, 낮 동안 궁핍했던 폐를 가득 채운다. 가을이 한가득 찼다. 가을밤이 깊어간다.

소년 ㄷ은 유머 감각이 뛰어나다. 날리는 멘트마다 빵빵 터진다. 모두를 웃기는 일이 그의 사명인 듯하다. 웬만해서는 당황하거나 흔들리지 않는다. 매사 능청스럽고 엉뚱하고 여유가 넘친다. 말하는 걸 들으면 열다섯인지 스물다섯인지 헷갈릴 때도 있는 반면, 반에서 야동을 한 번도 시청하지 않은 유일무이한 소년이었다. 덕분에 우리 반은 웃을 일이 많았다.

그런 ㄷ이 가출을 했다. 주말 저녁 ㄷ의 어머님으로부터 전화가 왔다. ㄷ의 가출 소식을 전하셨다.

"네? ㄷ이 가출을요?"

굳이 말하자면 ㄷ은 가출보다는 출가가 어울린다. 어머님과 다툼 중에 집을 나갔다고 전하시는데, 음성이 그리 다급하게는 느껴지지 않았다. ㄷ과는 연락이 되셨냐고 묻자, ㄷ이 어디에 있는지 알고 있다고 하셨다. 열다섯 소년 ㄷ이 야심 차게 감행한 가출의 최종 목적지는 옆 동네 할머니 댁이었다. 소년은 짐을 싸서 할머니 댁으로 가출한 것이다.

ㄷ이 비밀인 듯 비밀 아닌 곳을 안가安家로 삼고 특수 목적(?)을 이행 중이라는 소식을 듣고는 조금 안심했지만, 역시

나 ㄷ의 가출 소식은 뜻밖이었다. ㄷ에게 전화를 했다. 풀 죽은 목소리로 전화를 받는 ㄷ에게 담임과의 비밀 접선을 제안했다. 다음 날은 일요일이었다. ㄷ이 살고 있는 동네에는 영화관이 없다. ㄷ을 차에 태우고 영화관에 갔다. 무슨 영화였는지 기억나진 않지만, 두 시간가량 영화를 보고 밥을 먹었다. 밥을 먹으며 영화 이야기를 한 것 같다. 학교 밖에서 본 ㄷ은 영락없는 열다섯 소년이었다.

ㄷ의 집까지는 차로 한 시간 정도 걸린다. 소년을 태워서 집으로 가는 길에 안동댐이 보였다. 잠깐 들러 벤치에 앉았다. 선선한 가을바람이 불었다. 해 질 녘 강물은 조용하고 잔잔하다. ㄷ은 엄마와 싸웠다며 입을 뗐다. ㄷ은 평소 엄마를 많이 사랑하는 소년이다. 3월에 가정 방문을 갔을 때 모자 사이에 꿀이 뚝뚝 떨어지는 모습이 보기 좋았다. 툴툴대긴 해도 애정이 가득했다. 툴툴대는 건 열다섯 소녀 소년들에게 용인되는 전매특허 화법인 것을 안다.

무슨 일로 다투었냐고 물었다. 그날 엄마가 성적표를 확인하셨다고 했다. 성적이 자꾸만 떨어져서 엄마가 속상해하셨단다. 하필 그때 ㄷ은 컴퓨터 앞에서 열정을 담아 게임을 하고

있었고, 그것을 목격하신 엄마의 분노가 폭발했다는 것이다. 엄마가 다짜고짜 화를 낸다고 생각했고, 엄마가 너무 미웠다고 했다. 성적이 떨어져서 자기도 속상하다고 말했다. 공부를 잘하건 못하건 대한민국의 아이들은 모두 공부 스트레스를 받는다. 공부를 잘하면 계속 잘해야 하니까 불안하고, 공부를 못하면 미래가 불안하고, 공부를 안 하면 해야 하니까 불안하다. 게임을 하면서도 불안하다.

아직도 엄마가 밉냐고 물으니 아니라고 한다. 열다섯은 가끔 불같다. 화르륵 타올랐다가 이내 꺼진다. 상대방이 열을 올리면 맞불을 놓는다. 후퇴는 폼이 안 난다. 일 분 뒤 후회하더라도 갈 때까지 가본다. ㄷ에게 할머니 댁으로 데려다주면 되겠냐고 하자, 집으로 가겠다고 한다. 가을이 깊어지고 있었다. 밤물결이 일렁이고 월영교의 불빛이 별빛인 듯싶었다. 가을이 잔뜩 묻은 바람이 선선하게 불었다.

시와 태권소년

3월은 아직 춥다. 봄은 언제 오는 건지, 봄 햇살은 얼마나 따뜻했었는지 봄맛이 기억나지 않는다. 교실은 아직 검은 패딩이 점령하고 있다. 봄은 한참 멀리 있는 것 같지만, 어쨌거나 3월이 되면 봄맞이 꽃단장을 시작한다. 교무실을 둘러보며 명당을 찾는다. 앉은 자리에서 멀지 않으면서 다른 선생님들의 동선에 방해가 되지 않는 곳, 인테리어를 크게 파괴하지 않는 곳을 탐색한다. 그곳에 내 소중한 카트를 주차한다.

마트용 접이식 카트 안에는 제목도 시가 되는 시집들이 들어 있다. 오십 권 넘는 시집들이 각기 다른 제목을 달고, 각자의 컬러를 입고 차곡히 쌓여 있다. 일 년 동안 함께할 우리 살림살이다. 3월이 되었으니 정성스럽게 시집을 고른다. 아이들과 한 해 동안 밥처럼 지어 먹을 시들을 고르는 일이다. 일주일에 한 번 털털털 카트를 끌고 교실로 들어선다. 트럭 만물상처럼 골라 골라 마음에 드는 시집을 골라. 아이들은 일 년 동안 꼭꼭 씹어 먹을 시집을 골라잡는다.

수업을 공개하는 날, 아이들과 반년 넘게 읽고 또 읽은 시집을 활용하여 수업을 하기로 한다. 주제는 '시 처방하기'다. 현재 자신의 고민을 솔직하게 적는다. 아이들은 의사 선생님이 되어 친구의 고민을 읽고 진단한다. 반년 넘게 꼭꼭 씹은 시집에서 친구에게 처방할 시를 고른다. 어떤 시를 골라야 할지 모르겠다면 전교생이 함께 만든 추천 시 목록을 살핀다. 처방할 시를 골랐다면 친구의 고민 글에 시구와 함께 위로와 격려의 댓글을 달아준다.

이 수업에서 적절한 시를 고르고 처방하는 것만큼이나 중요한 것은 솔직한 고민을 적는 것이다. 열다섯 소년들에게 진지하게 묻는다. 너희들의 고민은 무엇이냐고, 무슨 생각을 하고 있냐고, 지금 떠오르는 그것을 적어보자고. 고민은 대체로 비밀스러운 것들이 많기에 익명으로 적도록 한다. '고민이 없는 게 고민이에요', '세상에 예쁜 여자가 너무 많아서 고민이에요'부터 '친구 관계 때문에 스트레스를 받아요', '하고 싶은 일도 없고, 좋아하는 일도 없어요', '불면증으로 괴로워요'까지 다양한 고민이 올라온다.

공개 수업이더라도 최대한 평소와 같은 분위기를 만들려고 하지만, 낯선 분(?)들께서 뒤에 계시니 공기의 흐름이 조금 다르다. 평소와 다른 긴장감이 돈다. 그런데 소년 ㄴ이 오늘 좀 이상하다. 창가 맨 뒤쪽에서 의자를 뒤로 쭉 빼고 흔들고 있다. 수업에 적극적이지는 않더라도 방해는 하지 않는 녀석인데 낯선 분들이 바로 뒤에 있어서인지 약간 흥분되어 있는 것 같기도 하고, 신나 있는 것 같기도 하다. 수업 진행 방법에 대해서 설명한 후 "자, 여러분 모두 알겠죠?"라고 묻자, 소년 ㄴ이 "뭔 말인지 모르겠어요"라고 대답한다. 교실은 웃음판이 되었고, 장학사님들의 시선이 자연스럽게 ㄴ을 향한다.

활동이 끝나고 발표를 해보기로 한다. 친구의 고민을 읽고, 자신이 처방한 시를 낭송한다. 위로와 격려의 말도 전한다. 소년 ㄷ이 씩씩하게 손을 번쩍 든다. 교실 앞으로 나와 친구의 고민을 읽는다.

"운동에 대한 고민입니다. 전에는 슬럼프가 왔었고, 대회를 잘 뛰려고 노력하는데 결과는 항상 지기만 합니다. 공부는 싫고, 운동은 좋고 하고 싶은데, 대회 결과는 항상 노력에도 불구하고 지고 못합니다. 어떡해야 할까요?"
ㄷ은 권대웅의 시 〈햇빛이 말을 걸다〉를 처방했다.

길을 걷는데
햇빛이 이마를 툭 건드린다

봄이야

그 말을 하나 하려고

수백 광년을 달려온 빛 하나가

내 이마를 건드리며 떨어진 것이다

나무 한 잎 피우려고

잠든 꽃잎의 눈꺼풀 깨우려고

지상에 내려오는 햇빛들

나에게 사명을 다하며 떨어진 햇빛을 보다가

문득 나는 이 세상의 모든 햇빛이

이야기를 한다는 것을 알았다

강물에게 나뭇잎에게 세상의 모든 플랑크톤들에게

말을 걸며 내려온다는 것을 알았다

반짝이며 날아가는 물방울들

초록으로 빨강으로 답하는 풀잎들 꽃들

눈부심으로 가득 차 서로 통하고 있었다

봄이야

라고 말하며 떨어지는 햇빛에 귀를 기울이며

그의 소리를 듣고 푸른 귀 하나가

땅속에서 솟아오르고 있었다*

* 권대웅, 《조금 쓸쓸했던 생의 한때》, 문학동네, 2022.

ㄷ은 천천히 또박또박 시를 낭송한다. '땅속에서 솟아오르고 있었다'라는 마지막 구절을 댓글로 달았다.

"이 시구처럼 슬럼프가 지나고, 때가 되면 작은 싹처럼 올라와 점점 커져갈 거야. 그 과정이 험난하고 힘들더라도 힘내!"

이렇게 위로와 격려의 메시지도 전했다.

갑자기 교실이 웅성웅성한다. 모두의 시선이 ㄴ을 향하고 있다. 열다섯 소년 ㄴ이 눈이 시뻘게져서 울고 있는 것이다. 아까부터 주의를 끌더니, 대체 무슨 일인가 싶어 당황했다. 등줄기에선 이미 땀이 솟구친다. ㄴ의 상황을 살피다 이내 알게 되었다. 방금 읽은 고민의 주인공은 ㄴ이었다. ㄴ은 태권도 선수를 꿈꾸는 태권소년이다. 대회에 나가느라 수업에 참여하지 못할 때가 종종 있다. 최근 출전했던 대회마다 만족할 만한 성적을 거두지 못했다. 그래도 늘 씩씩하고 밝아서 마음속 부담감의 무게를 헤아릴 수 없었다. 열다섯 소년의 터져버린 울음은 쉽게 그치지 않는다. 친구들이 ㄴ의 어깨를 토닥인다. 얼마 전 ㄴ이 운동장 옆 계단에 혼자 앉아 있었던 것이 생각났다. ㄴ은 위로가 필요했고, '힘내!'라는 따뜻한 말 한마디가 필요했다.

너는 지금 땅속에서 솟아오를 준비를 하는 중이야. 봄은 수백 광년 동안, 아주아주 오랜 시간 달려온 빛 하나 덕분에 찾아온단다. 지금 많이 힘들지? 그래도 봄은 반드시 올 거야. 그러니 지금은 어둠을 달리자.

이렇게 시가, 햇빛이 소년 ㄴ에게 말을 걸었다.

친구 ㄷ의 진심 어린 처방전이 얼어 있던 마음을 녹였다. 땅속에서 솟아오를 준비를 하며 꿈틀한다.

탱글탱글 윤기 좔좔의 잠재력

나는 요리를 못한다. 뭐든 십 년만 버티면 전문가가 된다고 하지 않았던가. 결혼 십삼 년 차 현재 '만개의 레시피'와 같은 요리 어플은 길이요 진리요 생명줄과도 같은 삶의 동반자다. 이상하리만치 레시피는 기억에 남지 않고 손에 붙지 않는다. 요리만큼은 미지의 세계처럼 느껴진다. 내가 끓인 라면을 먹고 만족스러웠던 적이 없다. 혼신의 힘을 다하면 다할수록 맛대가리라곤 없었다. 어린이들도 입맛에 맞춰 척척 끓여낸다는 그 라면을 말이다.

끼니를 책임지는 자가 이런 상황이다 보니 나에게 의지하는 식솔들도 덩달아 요리책과 레시피 어플에 의지하는 신세가 되었다. 내, 식솔 굶기는 일은 없게 하리라 다짐하며 주방과 요리책과 레시피 어플을 벗하며 살아온 지 어언 십삼 년. 내게도 만만히 여기는 요리가 생겼으니 그것은 바로 미역국이다. 비교적 손쉽게 맛과 영양을 책임져주는 미역국을 나는 틈만 나면 끓여대고 있다. 생일이니까 미역국 먹어야지, 추우니까 미역국 끓여 먹자, 마트에 미역이 싱싱(?)해 보이네, 미역국 끓여 먹어야겠다, 요즘 남편의 뼈가 부실한 것 같군, 미역국 끓여야지….

그런데 미역국을 끓이는 데도 늘 막히는 지점이 있다. 미역국의 주인공인 미역의 양 조절은 대부분 실패다. 분명 세 식구 먹으려고 끓이는 미역국인데 탱글탱글하게 거만해진 미역이 한 솥 그득이다. 그 과정은 이렇다. 마른미역을 꺼낸다. 지난번 미역국 끓이기에서의 깨달음을 상기해 미역을 소량만 식기에 넣는다. 너무 적은가 싶어 조금 더 넣는다. 바짝 말라비틀어진 미역이 초라하고 가소롭게 느껴져 좀 더 추가한다. 네 정녕 주린 나의 배를 채울 수 있단 말인가. 다시 한 줌 더 넣는다. 물을 넣고 십 분 정도 딴짓을 하다가 확인한다. 산발한 미역과 조우한다.

미역국 끓이기에서 스키마 이론(선험 지식이 학습에 도움이 된다)은 작동되지 않는다. 미역이 산발한 채 어색하게 웃고 있다. 미역의 잠재력에 새삼 놀란다. 너희들, 이런 존재였었지…. 불현듯 어떤 소년들이 생각난다. 교실 속에서 소년들은 대단할 것도, 화려할 것도 없다. 무미건조한 표정으로 일상에서 의욕이라고는 찾아볼 수 없다. 영혼 없는 눈빛과 대답으로 자신은 지금 유체 이탈 중임을 암시한다. 소년들의 영혼은 미지의 시공간에서 부유하고 있는 게 확실하다. 그러다 가끔 '롤, 배그'라는 단어에 세포들이 급작스레 왕성해지며 동공과 입이 열리는데, 이때는 사람의 언어라기보다는 짐승의 포효에 가깝다. '롤, 배그'와 함께 '피방(pc방) 갈래'도 주로 쓰는 말이다. 이미 모든 에너지를 간밤에 피방이나 컴퓨터 앞에 쏟아부었기 때문에 대체로 책상과 한 몸이 되어 있다.

소년들도 처음에는 탱글탱글 윤기 좔좔 흐르고, 물기 가득 머금은 미역이었으리라. 다만 그들이 만난 세상은 물기 가득 머금은 자연산 미역으로 살아가기에는 조금 벅찬 곳이었을지도 모른다. '아무도 그에게 수심을 일러준 일이 없기에' '어린 날개가 물결에 절어'버린 '흰나비'(김기림의 시 〈바다와 나비〉 중)처럼 지치고 시렸을는지도 모른다. 그래서 바짝 말려 살아가는 방법을 택했을지도 모른다. 소년 ㅇ의 아버지는 알코올중독자다. 술주정을 못 견디신 어머니는 ㅇ을 두고 집을 나가셨다. 산골짜기를 돌고 돌아 나타나는 외딴집은 소년 ㅈ의 집이다. ㅈ은 할머니와 단둘이 산다. 낮고 어두운 방 안에 ㅈ이 우두커니 앉아 있었다. 소년 ㄱ의 어머니의 국적은 베트남이다. ㄱ은 태어나 한 번도 어머니의 얼굴을 본 적이 없는데, 학기 초 기초 조사서에 어머니, 아버지와 함께 살고 있다고 적었다.

아무도 소년들에게 수심을 일러준 일이 없다. 어떤 마음으로 하루를 살아가고, 무엇을 기다리고 있는지, 얕은 지식과 경험으로는 가늠할 수 없다. 소년들은 꿈이나 희망이라는 단어와는 어울리지 않아 보인다. 그런데 가끔, 아주 잠깐씩 그들의 미래에 대한 신호를 감지할 때가 있다. 수업 시간 중 소년들이 꾹꾹 눌러쓴 문장으로, 표정으로, 툭 내뱉은 말 한마디, 간혹 보이는 미소로 신호를 보낸다. 소년들은 아주 드물

게 신호를 보내기 때문에 적당한 거리에서 무심한 듯 관심 있게 지켜보고 있어야 한다. 공부가 싫다는 소년 ㅁ은 항상 대답이 느리다. 처음엔 일종의 반항인가 싶었다. 그런데 아니었다. 지킬 수 있는 말만 하기 때문에 그랬다. 대답을 하기 전에 한참을 생각한다. 내가 "하루에 한 시간씩이라도 꾸준히 공부해보는 게 어때?"라고 했더니, 가만히 — 답이 없다. "그럼 오십 분?"이라고 해도 조용하다. 그럼 점심시간까지 생각해보라고 했다. 그래도 답이 없길래 하교 전까지 생각해보기로 했다. 종례 시간에 소년 ㅁ에게 다시 물었다. 여전히 뜸을 들이다가 "한 시간이요"라고 답한다. 그 대답을 듣기까지 오늘 하루가 걸렸다. 그러고는 국어책을 챙겨 간다. 소년 ㅁ의 하루치의 고민과 국어책도 그 신호다. '썩 괜찮을 미래'에 대한 신호다.

잠시 웅크리고 있는 시간이 필요한 것이다. 지금은 터널 속이다. 보잘것없어 보이는 바짝 마른 미역이다. 미역은 바짝 말라가는 동안 줄에 매달린 채 바닷바람을 견딘다. 뜨거운 태양도 견딘다. 해풍과 태양을 견뎌낸 미역은 차원이 다른 맛과 영양을 가진다. 국물의 깊이가 다르니 인생의 깊이가 다르다. 소년들의 시간은 헛되지 않다. 언젠가 물속으로 풍덩 뛰어들어가 탱글탱글 윤기 좔좔 흐르는 미역이 되리라는 걸 안다. 바짝 말린 초라한 미역 속에는 탱글탱글 윤기 좔좔의 잠재력이 담겨 있다는 것을 잘 안다. 부디 웅크린 채 말라가고 있는 시간 동안 덜 상처받고 조금만 아프길 바랄 뿐이다.

그러니까 준비 운동이 필요하다. 언젠가 풍덩 뛰어들 준비를 하며, 마음을 가다듬고 같이 심호흡을 해보는 거다. 조금 더 안전한 입수를 위해 스트레칭도 하고 가슴팍에 물도 좀 적시는 거다. 터널을 꼭 혼자서 건너라는 법은 없다. 어두컴컴한 터널을 누군가와 손잡고 통과하는 방법을 같이 고민해보는 거다. '같이'라는 말이 아직 낯설고 어색하다면 일단 근처 도서관으로 가서 마음을 후벼 파는 제목의 책 한 권을 골라보는 거다. 그냥 그뿐이다.

웅크린 몸을 쫙 펴고, 다이빙하는 순간을 떠올리면 가슴이 벅차오른다. 소년들이 멋지게 다이빙하게 될 세상은 드넓고 푸르른 바다였으면 좋겠다. 물 만난 미역은 탱글탱글 윤기 좔좔 흐르는 본래의 모습을 되찾게 되겠지. 푸르른 바다를 휘저으며 자유롭게 헤엄쳐 다닐 것이다. 한껏 산발이 된 머리카락을 휘날리며 말이다.

납작한 뒤통수들
—엄마, 사실은 말하고 싶었어

나는 태생이 뒤통수가 납작하다. 납작한 뒤통수의 근원을 물으면 엄마는 내 갓난아기 시절 이야기를 꺼내신다. 아기였을 때 모빌만 보고 누워 있었기에 그렇다고 했다. 어지간해서는 떼 부리는 일 없는 순둥이였다고 했다. 천장에 매달린 모빌을 보며 씩씩 용쓰는 게 내 일이었고, 그래서 말랑말랑한 뒤통수가 납작해졌다고 했다. 생각해보면 어릴 적에는 잠잘 때도 정면으로 천장만 바라보며 잤다. 아침에 일어날 땐 자기 전 누운 자세 그대로 일어났다. 그냥 타고나길 그런 건지 진짜 모빌만 보고 누워 있었기에 그런 건지 모르겠지만, 나는 납작한 내 뒤통수가 마음에 들지 않는다. 자고로 뒤통수는 볼록하고 둥글어야 예쁘다. 머리를 묶거나 풀어도 맵시가 난다.

아쉬운 부분이 뒤통수뿐만은 아닐 터. 부모님께서 물려주신 대로 그냥저냥 큰 불편 없이 살아왔건만 어쩐지 뒤통수는 좀 그렇다. 뒤통수에 인을 친 것 같달까. 주변 사람들 속 썩이지 말고 순둥이처럼 물 흐르듯 살아가는 게 내 일인 것만 같다. 가끔 상대방에게 불만과 저항의 욕구가 솟구칠 때면 내 납작한 뒤통수가 떠오른다.

소년 ㅁ의 뒤통수는 납작하다. 뭐 눈에는 뭐만 보인다고, 남들 뒤통수가 유독 눈에 잘 들어온다. 종종 ㅁ처럼 뒤통수가 가지런히 반듯한 동지를 만나면, 너도 참 어지간히 천장만 보고 용썼나 보다 생각한다. ㅁ은 보기만 해도 듬직한 학생이다. 자기 자리에 앉아 수업을 듣고 있을 뿐인데 존재만으로도 든든하다. 선생님의 수업에 힘을 보태는 귀한 학생이다. 모든 면에서 바르고 착실하다. 수업 시간에 흐트러진 모습을 본 적이 없고, 허튼소리 한번 한 적 없다. 맡은 일도 척척 해낸다. 친구들과도 잘 지내는 나무랄 데 없는 순둥이 모범생이다.

그런 ㅁ의 어머님께서 상담을 신청하셨다. 모월 모일에 만나기로 했다. 모범생 ㅁ의 어머님께서 상담 신청을 하신다기에 진로 상담이겠구나 생각했다. 그런데 아버님께서도 함께 오셨다. 학부모 상담 때 부모님께서 함께 오시는 일은 흔치 않다. 두 분의 표정이 심상치 않아 상담을 신청하신 이유에 대해서 조심스럽게 여쭈었다. ㅁ이 말을 하지 않는다고 했다. 대화가 부족한 정도가 아니라 집에서는 아예 입을 떼지 않는다는 것이었다. 부모님과 눈을 마주치지도 않고 말을 걸어도 대답하지 않는다고 했다. 어머님께서는 한 말씀 한 말씀 뱉어내실 때마다 눈물을 흘리셨다. 아버님께서는 고개를 숙이시고 왜 이렇게 되었는지 모르겠다며 우셨다.

ㅁ의 납작한 뒤통수가 떠올랐다. 가지런하고 반듯한 뒤통수처럼 늘 가지런하고 반듯하게 앉아 있는 ㅁ의 얼굴이 떠올랐다. 학교에서만큼 집에서도 모범생이었을 ㅁ을 생각했다. 한참 동안 부모님의 이야기에 귀 기울였다. 부모님께서는 여태껏 그래 왔던 것처럼 지금도, 앞으로도 아이가 착실하게 커주길 바랐을 뿐이다. 모든 부모의 마음이 그렇다. 아이는 부모의 그런 당연한 마음이 때로는 버겁다. 열다섯을 넘기고 열여섯의 어느 날, 말 잘 듣는 ㅁ은 말을 하지 않기로 했다.

부모님께 ㅁ의 학교생활에 대해 말씀드렸다. 입 댈 것 없는 학생이라고, 스스로 커가느라 애쓰고 있다고, 칭찬밖에 드릴 말씀이 없다고 전했다. ㅁ을 믿어주는 것이 우리가 할 일인 것 같다고 말씀드렸다.

소년 ㅁ과 마주 앉았다. ㅁ은 꾹꾹 눌러두었던 마음속 이야기를 또박또박 정갈하게 꺼냈다. 자신의 의견에 귀 기울여주지 않는 것 같아서 답답하다고 했다. 자신의 계획과 생각이 존중받지 못하는 것 같다고 했다. 말을 할 이유가 없으므로 말하고 싶지 않다고 했다. ㅁ의 마음이 충분히 이해되었다. 어떻게 풀어나가야 할지 함께 고민해보자고 했다. 그러나 말을 하지 않는 것으로 너의 속상하고 답답한 마음이 해결되지는 않을 것이라고 이야기했다. 부모님께서는 이제 들을 준비가 된 것 같으니, 어렵더라도 너의 마음을 꺼내보자고 했다. ㅁ은 담임이 어렵사리 꺼내놓은 말들을 완벽하게 이해하고 있었다. ㅁ의 가지런하고 반듯한 뒤통수를 쓰다듬어주고 싶었다.

학교에는 ㅁ과 같은 수많은 뒤통수가 있다. 불평과 저항은 천성을 거스르는 것 같아서 생각조차 하지 않는다. 분을 삭이고, 감정을 다스린다. 가지런하고 반듯하게 있는 것이 나의 일인 것 같다. 뒤통수가 납작한 나는 가끔 어린 동지들의 고달픈 눈빛을 발견한다. 하나씩 꺼내보는 연습을 해보아야 한다. 나의 예의 바른 불평은 상대방을 불행으로 빠트리지 않는다. 생각했던 것보다 별 타격을 주지 않을 때가 더 많다. 오히려 솔직한 내 모습을 편안해하거나 반가워하기도 한다. 그러니 평평한 뒤통수들이여, 천장만 보지 말고 좌우로 고개도 돌려볼 것을 추천한다. 어쩌면 천장에 매달린 모빌보다 백배 천배 더 재미난 것과 마주할지도 모른다.

ㅁ의 중학교 졸업식 날 ㅁ의 어머님으로부터 편지를 건네받았다. 긴 글이었다. 아들이지만 어렵고, 도와주고 싶지만 그러지 못했다고, 가까이 가면 저 멀리 가버리는 아들을 바라보면서 함께 성장할 수 있었다고 쓰여 있었다. ㅁ이 열다섯을 넘기고 열여섯의 고개를 넘는 동안 어머님, 아버님도 함께 고개를 넘었다. 길고 힘겨웠지만 잘 넘었다. 편지에서 짜고 달큼한 맛이 났다.

인생은 11자

우리 집을 좋아하는 이유는 뒷산 때문이다. 거실 창밖으로 보이는 뒷산 풍경이 좋아서 이곳으로 이사를 왔다. 거실 테이블에 앉아 뒷산을 살피는 사적인 시간을 사랑하고, 그러므로 사적인 뒷산을 사랑한다. 노부부가 산을 오른다. 할아버지 뒤를 할머니가 따라간다. 할머니께서는 한평생 영감 뒤꼭지만 따라 걸으셨으려나 생각하다, 그 간격 속에서 알 수 없는 평온함을 느꼈다. 간격이 서글프지가 않았다. 마흔 세월 동안 사람과 사람 사이의 간격에서 줄다리기를 해왔다. 다가오면 밀고 멀어지면 당기는 세월 동안 사람과 사람 사이의 접점에 대해서 생각했다. 관계에는 늘 크든 작든 불안과 두려움이 있었다.

'시 처방하기' 수업을 각 반마다 진행하고 있었다. 아이들과 서로의 고민과 아픔에 대해 진단하고 '시'를 처방해주기로 했다. 그러기 위해서는 역시나 서로의 아픔을 꺼내야만 한다. 가장 힘들고 아픈 것을 게시글로 작성하라고 하자 성적, 부모님과의 어려움, 진로 등의 사연이 올라왔다. 그리고 인간관계에 대한 고민이 올라왔다. '사람'이라는 존재 자체에 별 관심 없는 듯 보이는 열다섯 소년들이 아닌가. 조금 의외라고 생각했다.

— 저는 요즘 무엇을 해야 할지 모르겠습니다. 친구들이랑 같이 놀거나 게임을 할 때, 나 자신이 무엇을 해야 할지 몰라서 쩔쩔매고 있을 때가 많습니다. 나 자신이 한심해 집니다. 또 나는 왜 이럴까 하고 생각합니다. 저는 아직 남의 마음을 이해하는 것이 서툴러서, 친구들에게 민폐가 되고 있다고 생각을 합니다. 내 판단이 잘못돼서 분위기를 망쳤을 때, 친구들에게 미안해지고 나 때문이라는 생각이 듭니다. 이러한 문제점을 어떻게 해야 할지 고민입니다.

— 저는 친구와의 관계가 의심스러울 때가 있습니다. 어떨 때는 엄청 친한 것 같으면서도 어떨 때는 또 엄청 사이가 나쁜 것 같기도 해서 고민입니다. 친구의 웃음 코드를 잘 모르는 것 같아서 더욱 멀게 느껴집니다. 그 친구는 어떻게 생각하는지 몰라도 저는 조금 소소한 느낌이 듭니다. 이대로 나중에는 불편한 사이가 될 것 같아

불안하기도 합니다. 어떻게 친구의 웃음 코드를 찾을 수 있을까요?

— 저는 요즘 사람 관계가 고민입니다. 누구에게 잘해주면 끝까지 잘해줘야 할 것 같고, 누구에게는 잘해주는데 누구에게는 아무것도 안 해주면 어딘가 마음이 불편합니다. 어떻게 해야 할까요.

마흔인 나와 열다섯 소년들이 같은 고민을 한다.

사람과 사람 사이에 진정한 접점이 존재할 수 있을까, 마음과 마음은 포개질 수 있는 걸까, 같은 것들에 대해서 그때도 생각했었다. 그때 열아홉 소녀 시절, 단발머리 찰랑거리는 풋내 나던 때에.

고3 졸업여행의 밤이었다. 더 이상 설명할 필요가 없는 문장이다. 자유와 이별과 여행이라는 단어가 뒤섞여 심장이 쿵쾅거렸고 스스로 컨트롤할 수 있는 한도를 초과했다. 그 밤은 우리가 모두 아는 그 밤이 맞다. 단발머리 소녀들이 맛도 모르는 투명하거나 노란 음료를 어디선가 주섬주섬 꺼내온다. 선생님들은 안 들리거나, 안 보이거나, 일찍 주무시는 척을 해주신다. 이 지점에서 선생님께 그간 쌓였던 미움과 원망은 발효되고 존경의 마음만 남는다. 단순해서 살기 편하던 시절이었다.

나는 그날 잊지 못할 금언을 남겼다. 맛도 없는 걸 들이부으며, 이 쓴 걸 왜 먹냐며 또 들이부으며, 친구 얼굴 보고 웃다가 또다시 들이붓고는 큰 소리로 외쳐대기 시작했다.

"인생은 11자 ～～ 인생은 11자 ～～."

웃겨 나자빠진 친구들 앞에서 인생은 그런 것이라며 일장 연설을 했던 장면이 어렴풋이 생각난다. 그것은 사람과 사람 사이의 간격에 대한 것이었다. 숫자 11처럼 가까이서 걸을 순 있지만 서로 포개질 순 없는 존재들이라고. 그래서 슬프다고 했던 것 같다. 그때는 사람들 사이의 틈, 그 간격이 서글펐다. 그렇다고 해도 어디서 그런 표현이 튀어나왔는지 모르겠다. 평소에 생각해둔 말은 더더욱 아니었다. 낮 동안 쿵쾅거렸던 심장이 낯설고 쓰디쓴 알코올과 만나면서 일으킨 화학작용의 결과였을 것이다. 내 안에 살던 또라이 하나가 이때다 싶어 튀어나와서는 싸지르고 간 말이었다. 그냥 또라이 아니고 왕 꼰대 또라이.

공주라는 별명의 장씨 성을 가진 내 친구 장공주는 그날 나의 일장 연설에 탄복하여 싸이월드 대화명을 '인생은 11자'로 바꿨다. 싸이월드에 들어가서 장공주의 대화명을 볼 때마다 목덜미가 후끈거리고 낯이 뜨거워져 로그아웃을 했다.

한동안 '인생은 11자'라는 말이 뒤를 따라다녔다. 친구들은 자꾸 내 얼굴을 보고 키득거렸다. 그 후 내 인생에 술은 없었고, 나는 술 없는 이십 대를 보냈다. 고3 졸업여행에서 내 안의 잠자던 또라이를 발견한 건, 앞으로 맞닥뜨릴 청춘, 평화로운 청춘을 위한 신의 축복이라 생각했다. 나는 술을 들이붓는 대신 전도서 1장 2절을 읽었다. 헛되고 헛되며 헛되고 헛되니 모든 것이 헛되도다.

사람과 사람 사이의 접점은 완벽한 포개짐이 아니었다. 말 그대로 점에 불과했다. 살면서 가끔 그 점을 찾을 수 있었고 책을 읽으면서도 종종 그 점을 발견했다. 비록 찰나에 불과한 순간이지만 말할 수 없는 환희와 안도를 느꼈다. 점을 오래도록 붙잡고 싶기도 했지만 욕심이었다. 점은 소멸되기도 했다.

가까이서 11자로 걷다가 손만 내밀면 되었다. 가끔씩 서로 맞잡는 손이면 충분했고, 그 온기가 우리가 할 수 있는 최선인 것이었다. 서로를 향한 따뜻하고 다정한 눈빛이면 족했다.

지금은, 사랑하는 이들과의 좋은 자리가 있으면 한 잔 정도 잔을 채운다. 접점을 찾고자 하는 갈망은 마흔에도 진행 중이다. 열아홉 이후 들이붓는 일은 다시 없었고, 열아홉에 만난 그

재기발랄 또라이도 다시 만나지 못했다. 다만 그가 남긴 금언을 기억하는 것으로 진정한 의미의 역사 청산을 이루려 한다.

열다섯 소년들은 친구의 고민에 대해 다음과 같이 처방해주었다. '인생은 11자'와는 차원이 다른 처방이다. 마음이 든든해진다.

— 힘들어도 슬퍼하지 마
  어디에 있든 태양 장미를 잃지 마
  너를 응원하는 나를 잊지 마[*]

그런 일이 있었구나…. 너의 마음이 이해돼…. 남의 마음을 이해하고 공감하는 것에 어려움을 느끼고 있구나. 그래도 난 네가 어려움을 느끼는 이런 상황이 네가 성장하는 과정이라 생각해(나도 그런 일을 겪었었고, 지금도 겪고 있어!). 그러니 이런 현상은 당연하게 겪을 수 있는 성장의 과정 중 하나이므로 너 자신을 네가 깎아내릴 필요 없어. 그러니까! 내가 추천해준 시처럼 너무 슬퍼하거나 우울해하지 말고. 너의 곁에는 너를 응원해주는 부모님과 친구들이 있으니까 힘내고, 파이팅해! 나는 항상 너를 응원해!

[*] 신현림, 〈슬픔 없는 앨리스는 없다〉, 《반지하 앨리스》, 88쪽, 민음사, 2017.

지금 당장 빛나지 않아도

"만일 나에게 일주일간의 휴가가 주어진다면?"

이 질문에 열다섯 소녀들은 놀이공원 가기, 친구랑 캠핑 가기, 여행 가기, 콘서트 가기, 드라마 정주행하기와 같은 것들을 말한다. 싱그러운 녀석들. 싱그럽다고밖에는 설명할 도리가 없다. 반질반질 햇살에 반짝이는 초록 잎사귀 천지다. 존재 자체가 발광發光 중이다. 이토록 초록이 풍성한 와중에 소녀 ㅈ이 눈에 띈다. 눈에 띄지 않아서 눈에 띈다. 무성한 초록들 틈에 ㅈ은 가을을 닮아 있다. 일주일간의 휴가가 주어진다면 ㅈ은 밤마다 장기를 둘 것이라고 했다.

자신의 캐리커처를 그려보자고 했을 때, 소녀 ㅈ은 조그만 상자를 그렸다. 새장처럼 보이기도 한 그곳에 자기가 들어 있다고 한다. 여느 열다섯 소녀들처럼 귀엽고 깜찍하거나 익살스럽게 자신을 그려 넣지 않는다. ㅈ은 대체로 책상에 앉아 있다. 가끔 수줍게 웃는 모습을 보기도 한다. 주로 그림을 그리거나, 노트에 무언가를 끼적이고 있다. 온통 재잘거리는 소리에도 조용히 가만히 앉아 있다.

쉽사리 자신을 드러내지 않을 것 같은 ㅈ이 어느 날 글을 썼다. 반 전체가 공유하는 '생각 노트'에 자기 자신이 돌멩이 같다고 적었다. 갈색 돌멩이라고 했다. 깨지지 않는 돌멩이가 되고 싶다고, 꿈도 희망도 자신도 깨지고 싶지 않다고 했다. 수없이 구르고, 부딪쳤을 ㅈ의 지난날들을 생각했다. 이 세상 그 누군가가 날 무시하고 발로 차도 깨지지 않을 거라고 했다.

빨간 돌멩이처럼 눈에 띄지도 않고, 빛나지도 못해 치이고 다니는 갈색 돌멩이지만 나에게도 꿈이 있다고 적었다. 언젠가 반짝반짝 빛나는 돌멩이가 되는 것이 꿈이라고 했다. 매일매일 자신을 닦을 거라고 했다.

ㅈ의 글을 종례 신문에 실었다. 반 아이들에게 날마다 발행하던 A4 한 페이지 정도의 일간지에 '갈색 돌멩이'라는 제목의 글을 담았다. 그리고 그 밑에 '선생님이 ㅈ에게'라는 글을 덧붙였다.

"선생님은 ㅈ의 갈색 돌멩이가 마음에 든다. 갈색 돌멩이는 빨갛고 파랗게 뽐내지 않고, 정겹고 다정하게 느껴져. 언젠가 반짝반짝 빛나게 될 갈색 돌멩이를 기대해."

종례 시간에 종례 신문을 받고 ㅈ은 조금 놀라며 나를 보았다. 나는 ㅈ의 수줍은 두 눈이 반짝이는 것을 보았다.

　가끔 뒷산을 오르며 ㅈ을 떠올린다. 정확하게는 뒷산을 올라가다 만나는 돌멩이들 앞에서 ㅈ을 생각한다. 산을 오를 때면 뜻하지 않은 곳, 상상하지 못한 곳에 궁둥이 붙이고 앉은 돌멩이들을 만나게 된다. 나무줄기 움푹 팬 곳에 쏙 들어가 앉은 돌멩이, 루프가 연결된 나무 말뚝 위를 살포시 올라탄 돌멩이, 산길 가장자리에 소복이 모여 있는 돌멩이들, 아무 데나, 어울릴 것 같지 않은 곳에 쌓여 있는 돌탑들. 모두 누군가의 손길이 머문 흔적이다. 누군가의 간절한 소망을 담은 흔적이다.

　뒷산에 자주 오르지만, 돌멩이들이 있는 자리에 사람이 머무는 것을 본 적이 없다. 대체 저 돌멩이들은 누가 옮겨놓은 걸까. 언제, 어디서 온 어떤 이의 손길인 걸까. 내 눈엔 거칠고 못난 돌멩이투성이인데, 요 반질반질 예쁜 것들을 어디서 주워온 걸까. 낯설게 느껴지니 예쁘게 보이는 걸까.

　산을 오르며 심장 박동이 빨라지고, 숨이 턱 막혀서 아이고 죽겠다 싶을 때, 혼자 오르는 산길이 유독 적적하다고 느껴지는 날에, 엉뚱한 곳에서 엉뚱한 자리에 앉아 있는 돌멩이와 마주치게 될 때면 피식 웃음이 난다. 돌멩이가 '짜잔~ 나 여기 있지'라고 속삭이는 것 같다. 산을 오르는 우리 엄마, 아빠, 할머니, 할아버지, 삼촌, 이모의 진짜 소망, 비밀스러운 소원이 거기 담겨 있는 것 같다. 산을 오르면서도 자꾸 생각나는 간절한 바람을 돌멩이 안에 넣어둔 것 같다. ㅈ은 잘 살고 있을까. 여전히 자신을 닦고 또 닦고 있을까. 누군가의 간절한 소망을 담은 반질반질 탐스러운 돌멩이가 되었을까. 어딘가에서 반짝이고 있을까.

12월의 어느 날에 우리 반 소녀들과 함께 '한 해를 마감하며'라는 주제로 글을 썼다. 소녀 ㅈ도 글을 적었다.

좀 새로웠다.
어제까진 즐겁고
오늘부턴 쓸쓸하다.

ㅈ이 쓴 이 짧은 글을 읽고 그걸로 됐다고 생각했다. ㅈ의 어제는 수많은 오늘이었다. 오늘을 즐겁게 보내는 법을 알아가고 있다. 잠시 쓸쓸할 것이지만, 곧 즐거워질 것이다. ㅈ은 누구보다 튼튼하게 마음의 뿌리를 내리고 있다. ㅈ의 손을 꼭 잡고 함께 뒷산을 오르고 싶다.

친구가 내 세계를 마구 흔들 때

잘 버려야 잘 산다는데, 버리는 게 미숙한 인생을 살고 있다. 해를 넘길 때마다 한 해 동안 썼던 수첩, 소책자, 마음을 전한 포스트잇 같은 것들을 두고 고민한다. 버릴까 말까. 옆자리 이 선생이 고민도 망설임도 없이 물건들을 쓰레기통에 넣는 소리가 통쾌하다. 그의 단호한 결의가 존경스럽다.

버리지 못하는 것 중에서도 제일 못 버리는 것이 편지다. 아이들이 꼬물꼬물 붙이고 간 포스트잇 같은 것도 버릴까 말까를 고민하다가 일단 싸 들고 온다. 며칠 전 집 안을 정리하다가 '편지'라고 적힌 상자를 꺼내 들었다. 뚜껑을 열자 종이 먼지 폴폴 날리며 케케묵은 편지들이 쌓여 있다. 낡은 것 중에서도 낡은 것들이다.

직접 만든 카드나 편지지가 눈에 띈다. 꽃잎을 말려 종이에 붙이고 그 위를 노란 셀로판지로 덮어서 만든 카드의 빈티지함이 힙하다. 꽃잎이 그 안에서 삼십 년 세월을 견디고 있다. 초등학교 4학년 때쯤 내 친구 선영이가 보내준 카드다. 자세히 보니 그맘때 편지들이 많다. 내용은 주로 없다는 게 특징이다. 마지막은 대부분 이런 식이다.

> — 답장은 안 해도 돼. 하지만 답장을 해주면 더더욱 좋겠지. 할 말이 없구나. 그만 줄인다. 연필을 놓을게.

답장을 해야 하는 걸까. 말아야 하는 걸까.

또 많이 등장하는 말은 "그땐 미안했어. 앞으로 사이좋게 지내자"이다. 허구한 날 싸우고 삐지고 사과하고 그랬나 보다. 애들은 싸우면서 큰다는 게 맞는구나 싶다. 지지고 볶으면서 타인을 인식하고, 이해하고, 맞춰가는 날것의 과정이 편지 안에 고스란히 남아 있다.

열다섯 소녀 ㅇ의 상담 요청이 잦다. 보는 이들이 없을 때 조용하고 재빠르게 "선생님, 상담 요청이요"라고 말한다. 첩보물 속 비밀 요원 같다. 그럼 나도 조용히 아무도 모르게 답한다. "오케이." 상담 장소도 반에서 최대한 먼 곳으로 정한다. ㅇ은 엉뚱함이 매력인 소녀다. 무작정 순수한 영혼이다. 공부를 잘하는 아이들이 친구들과의 소통에 어려움을 겪는 일이 종종 있는데, ㅇ은 무려 우등생을 유지하며 친구들의 사랑과 지지를 듬뿍 받는다.

그런데 최근 소녀 ㅇ은 조금 우울하다. ㅇ이 '친구' 때문에 고민하고 있다. 대부분의 소녀들에게는 '친구병'이 찾아온다. 친구가 좋아서 미칠 지경인 병이다. 친구 얼굴만 봐도 끅끅끅 웃음이 난다. 나 역시 친구병에 걸린 중고등학교 시절엔 심각할 일이 하나도 없었다. 고민이나 걱정이 기어올라올 때 친구가 나타나면 금세 아무 생각이 없어진다. 진짜 진짜로 가랑잎 굴러가는 걸 보고 자지러진다.

그다음 단계가 '답답병'이다. '그 친구가 도저히 이해가 안 돼요', '왜 그러는지 모르겠어요'로 시작하는 말로 답답함을 호소한다. 이 단계를 거치지 않는 소녀들도 있지만, 대부분의 소녀들이 앓고 지나가는 병이다. 이때는 급격히 말수가 줄어든다거나, 우울해진다거나, 성적이 떨어진다. 주로 느끼는 감정은 배신감, 실망감, 불안함이다.

ㅇ은 "걔가 왜 그러는지 모르겠어요"로 말문을 연다. 학기 초 친하게 지내던 친구들과 사이가 멀어졌다. 어찌 보면 자연스러운 과정이었을지도 모른다. ㅇ과 친구들은 성향이 조금 다르다. ㅇ의 친구들은 그야말로 깨방정들이다. 학급 일에 열성적이고, 목소리 크고, 잘 웃고, 흥이 넘친다. ㅇ도 열정적이긴 하나 그녀들의 에너지를 따라가기에는 역부족이다. 활동

반경이 다르다. 학기 초 급격하게 친해졌으나 곧 서로의 차이를 알게 되면서, 함께 있을 때 즐거움보다 불편함이 더 커지게 되었다.

학기 초에 이미 친한 집단들이 형성되었다. ㅇ은 지금 친한 친구들과 함께하자니 마음이 불편하고, 다른 친구들의 무리에 들자니 자존심이 상한다. 혼란스럽다. 선택을 해야 하는데 이러지도 저러지도 못한다. 소녀들에게 '친구'는 거대한 세계이다. 친구라는 눈앞의 문제는 뭣보다 중대하여 어깨를 짓누른다. 담임인 나는 문제 자체에 매몰되지 말고, 한 발짝 뒤에서 들여다보면 좋겠다고 말하지만, ㅇ에게 그것은 인생은 아름답다고 말하는 것만큼이나 추상적인 조언이다.

우리 반에는 알콩달콩 오붓하게 지내는 또 다른 소녀들의 무리가 있다. ㅇ이 이들 소녀들과 함께 있는 그림이 더욱 자연스럽게 그려진다. 그건 ㅇ도 알고 있는 듯하지만 "그 친구들이 저를 반겨줄까요"라며 망설인다. 같은 반이면 그냥 다 친구라 불렀던 시절이 있었다. 조금 더 친한 친구가 있을 뿐, 어제는 이 친구랑 놀고, 오늘은 저 친구들과 놀아도 아무렇지 않았다. 요즘은 좀 다르다. 반에서 자연스럽게 무리가 형성되고, 무리 안에 있을 때 편안함과 안정감을 느낀다. 여린 감수성의 소유자들에게 무리를 이탈하여 옮기는 건 용기가 필요한 일이다.

ㅇ이 용기를 내어 낯선 친구들의 세계에 문을 두드렸을 때, 친구들은 반겨주었다. 소녀들의 환대가 눈물겹다. 알콩달콩 오붓하지만 약간 심심하게 지냈던 소녀들의 세계에, ㅇ의 엉뚱함과 당당함이 더해지면서 그녀들의 세계가 꽤 재미있어졌다. 그리고 생각지 못한 시너지를 창출하기 시작했다. 소녀 ㅇ은 공부(원래 잘했는데 더 올랐다)로, ㅂ과 ㅅ은 미술로, ㄱ은 글쓰기에 두각을 드러내기 시작했다. 놀라웠다. 우정, 친구 관계가 성취동기와도 밀접한 연관성이 있다는 사실을 몸소 체험했다.

서로 갈등을 극복하면 완벽한 문제 해결이 되겠지만, ㅇ의 경우와 같이 자신의 자리를 잘 찾아가는 것도 방법이 될 수 있다. 결국은 '나는 행복하게 살고 있는가'의 문제이다. 적당히 맞춰주며 살아가는 게 편하다면 그래도 된다. 그러나 '더 이상은 한계다'라고 생각될 때는 다른 세계도 둘러볼 필요가 있다. 내 가치를 존중해주고, 환대해주는 더 따뜻한 세계도 있다.

친구가 내 세계를 마구 뒤흔들고 있다고 생각될 때, 그래서 불안할 때, 스스로 그 불안을 눈치챘을 때, 너무 당황하지 않아도 된다. 키르케고르는 "불안이란 자유의 현기증"이라고 표현했다. 그는 불안이 깊으면 깊을수록 인간은 위대하다고도 했으며, 불안은 가능성을 내포하고, 가능성에 의해 길러지는 사람은 비로소 그의 무한성에 따라 성장한다고 했다. 어려운 말 같지만 어려워 마라. 갑자기 멀게 느끼지도 마라. 쉽게 말해 '성장통'이다. 지지고 볶았던 내 낡은 '편지들의 기록' 같은 것이다.

욕쟁이 그 녀석

사과를 깎는다. 해마다 11월이면 사과 농장을 하는 지인에게 청송 사과를 주문한다. 가을이 익어가는 동안 사과도 부지런히 익어간다. 다디단 꿀이 박힌 겨울 부사를 한입 베어 물 때면 그 시절 그 녀석 얼굴이 꼭 한 번은 떠오른다.

소문이 먼저 도착한 소년이었다. 괴담처럼 무성한 소문을 달고 조용한 시골 학교를 웅성이게 했다. 선생이고 뭐고 없는 녀석이래, 욕지거리를 어찌나 해대는지, 학교에 불까지 질렀다던데….

내년에 감당 안 될 녀석이 들어온다는 소문이 아이들 입을 타고 흘러 흘러 선생님들에게까지 들어왔다.

그래 봤자 중1인데… 생각하다가도 학교에 불을 지른 건 꽤 심각한데…. 이 평화로운 시골 학교에서 말로만 듣던 반항아를 드디어 만나는 건가. 순수한 영혼들 덕분에 지난 사 년 동안 너무 편안하긴 했지. 소문 하나만으로도 속이 시끄러웠다. 이미 내 머릿속엔 껌 좀 씹는다는 전형적인 반항아의 형상이 그려져 있었다. 침을 찍찍 뱉고 있었다.

입학식에서 그 녀석을 보기 위해 까치발을 들었다. 옆 선생님께서 저―기 있다고 하시는데 아무리 찾아봐도 안 보여 고개를 좌우로 돌리고 발뒤꿈치를 들었다 났다 하다가 찾았다, 드디어. 어렵게 찾아낸 그 녀석은 아주 자그마한 키에 까까머리를 하고 있었다. 반에서 제일 작은 소년이었고, 꾸밈없고 순박하면서 정감 가는 느낌이었지만, 어딘지 날카로운 눈매를 가지고 있었다. 말씀 중인 교장선생님을 쳐다보는 건지 째려보는 건지 얼굴에 불만이 가득했다. 여하튼 내가 상상했던 전형적인 반항아의 모습은 아니었다.

그해에 나는 중3 담임을 맡게 되어 중1인 그 녀석과는 수업 시간에만 마주치는 것이어야 했지만, 작고 사랑스러운 학교의 특성상 네 반, 내 반이 없었다. 한 학년에 한 반씩, 몇 안 되는 아이들과 거의 가족과 같은 분위기로 지냈다. 여기 가도 그 녀석이 있고, 저기 가도 그 녀석이 있었으며 소문대로 욕을 잘했다. 친구들이 말을 걸 때마다 씨×, 씨× 욕을 했다.

하루는 젊은 여선생님들 네 명이서 경쾌하고 즐겁게 퇴근을 하던 길이었는데, 그 녀석이 길목에 서 있었다. 퇴근길이라 기분도 좋고 자그마한 녀석이 혼자서 서 있는 모습이 귀여워 보이기도 해서 다 같이 손을 흔들며 "ㅁ아~ 안녕~"이라고 했더니 그 녀석이… 그 녀석이… 얼굴이 시뻘게져서는 우리를 향해 가운뎃손가락을 올렸다.

상상치도 못한 반응이었다. 짧은 순간 모두 함께 당황한 듯했으나, 네 명 선생님들이 동시에 푸하하 웃음을 터뜨렸다. 그 녀석은 더 당황해서 입을 쌜쭉거렸다. 자그마한 소년이 어른처럼 센 척을 하고 있는 모습을 보니 웃음이 터져 나온 것이다.

그 녀석은 그랬다. 반항을 하긴 하는데 조금 이상했다. 말을 걸면 "뭐요? 뭐요?" 하고는 슬그머니 사라졌다가 어느새 보면 다시 와 있었다. 친구들이 살갑게 다가가면 거친 욕을 내뱉고는 그 틈에 머물러 있었다. 불쑥불쑥 튀어나오는 거친 욕지거리가 이상하리만치 위협적이지 않았다. 모두가 그렇게 느꼈다.

혼자 휴게실에서 청소 상태를 확인하고 있을 때였다. 커튼을 정리하고 있었는데 그 녀석이 불쑥 들어와서는 갑자기 자기 이야기를 내뱉기 시작했다. 무거운 가정사와 어릴 적 이야기를 툭툭 뱉어내는데 나는 당황하지 않은 척 마저 남은 커튼을 정리하고 녀석의 얼굴을 보았다. 담담하고 무심한 표정으로 뱉은 이야기가 내게는 육중한 무게로 내려앉았고, 숨이 턱 막히는 것 같았다. 애먼 데를 쳐다보고 있는 녀석에게 섣불리 입을 뗄 수가 없었다.

"힘들었겠구나⋯."

"별로요."

"지금은 어떠니?"

"괜찮아요."

별로이고 괜찮다고 말하는 녀석 안의 작은 소년이 가여웠다. 이럴 때마다 아무 도움도 되지 못하는 어리숙한 어른이라는 사실이 부끄럽고 미안했다. 다른 학생들이 들어오자 녀석은 교실 밖으로 후다닥 뛰어나갔다. 그날 녀석은 욕을 섞지 않고 자기 이야기를 했다. 한동안은 욕을 하더라도 괜찮을 것 같았다. 녀석이 지나온 절망에 비하면 욕 같은 건 다행인 정도였다.

그때 나는 기독봉사동아리를 맡고 있었고 일주일에 한 번씩 점심시간에 모였다. 토요일에는 격주마다 근처 요양원으로 봉사활동을 갔다. 녀석은 동아리 시간이 되면 슬그머니 와서 멀뚱멀뚱 앉아 있다가 갔다. 가끔 봉사활동에도 참여했다.

출근길이었다. 바쁘게 중앙 현관으로 들어서려는데 언제부터 있었는지 녀석이 주뼛거리며 서 있었다. 어느샌가부터 녀석이 욕하는 소리가 덜 들리는 것 같기도 했으니 아침부터 욕을 날리진 않겠지 생각하며 "ㅁ아~ 안녕~"이라고 인사했다. 그런데 자세히 보니 녀석의 오른손이 교복 재킷 속주머니에 꽂혀 있었다. 지난날의 기억이 떠오르며 그 손이 심히 수상하다는 생각이 스친 찰나.

쓱.

가슴팍에서 손이 튀어나왔다. 가운뎃손가락 아니고 빨간 사과였다. 속주머니에서 사과를 꺼내더니 내게 던지듯 주고는 달아나버렸다. 얼마나 만지작거렸는지 빨간 청송 사과가 따뜻하고 반들반들했다.

진로 탐색 중입니다 1

마트에 샤인머스캣 풍년이다. 영롱한 연둣빛에 자꾸 눈길이 간다. 초창기에 샤인머스캣 한 송이에 5만 원이나 하는 걸 보고 내 목구멍으로 넘길 것은 아니라 여겼다. 치킨 두 마리 값인 포도라니, 목구멍이 포도청이라도 저 포도는 안 되겠다 했는데, 우연히 먹게 되었을 때 이건 뭐랄까, 아삭한 식감에 기분 좋은 당도와 상큼함이 한 세트로 치고 들어왔다.

그러던 것이 최근 재배량이 증가하면서 마트에서 흔하게 볼 수 있는 과일이 되었다. 그래도 샤인머스캣이 마트 가판대를 채우고 있는 광경이 아직은 좀 낯설다. 고등학교 때 오렌지가 폭발적으로 들어왔을 때도, 낯선 것에 점령당한 묘한 기분을 느꼈었다.

어제 사둔 샤인머스캣을 흐르는 물에 씻는다. 초1 딸아이 가을 소풍 간식이다. 포도를 좋아해서 청포도를 살까 하다가 샤인머스캣을 골랐다.

어느 날 열다섯 소년 ㄴ이 말했다.

"쌤, 저는 공부 안 할래요. 유튜버 될 거거든요."

"잘 어울리는데? ㄴ이 하는 방송 재밌을 것 같아."

며칠 뒤,

"쌤, 저 뭐 하면서 먹고살아야 할지 모르겠어요."

"유튜버 될 거라며?"

"별로인 것 같아요."

"음. 그럼 진로 선생님께 진로 상담을 받아보는 건 어때?"

종례 시간,

"쌤, 진로 쌤께서 농사 지으래요."(앞뒤 다 잘라먹음.)

"으… 응? 농업 분야로도 알아봐주셨구나. 요즘 청년 농부들 많아지고 있잖아. 지자체에서도 지원해주고. 스마트팜도 있고."

"그게 뭐예요?"

"학교 도서관에 가면 관련 도서가 있을 거야."

다음 날, 도서관에서 책을 빌려온 뒤,

"쌤, 저 책 빌렸어요!"(책이 꽤 두껍다.)

"이야, 잘했다. 천천히 읽어보면 도움이 될 거야."

다음 날,

"쌤! 저 샤인머스캣 농장 할 거예요!"(대발견)

"오, 좋은데? 샤인머스캣 맛있잖아!"

며칠 뒤,

"쌤, 저 그거 안 할래요."

뭣이라…? ㅠㅠ

열다섯 소년 ㄴ은 조금 요란하게 진로를 탐색 중이다. ㄴ의 의식의 흐름이 반 전체 아이들에게 죄다 공유되고 있다. 열다섯 소년 ㄷ은 카페 사장님이 꿈이라고 했다. 그래서 십 년 뒤 ㄷ의 카페에서 반창회를 하기로 약속했는데, 지금은 꿈이 대통령이다. 청와대에서 만나야 하나. 집무실 앞? 암튼 꿈이 급격하게 변화했다. 그런데 ㄴ이나 ㄷ처럼 떠들썩하게 진로를 탐색하는 아이들은 많지 않다. 대부분은 오랜 시간 조용하게 꿈을 찾아간다.

학기 초 상담 때 소년 ㄹ에게 장래 희망이 뭐냐고 물었다.

"장래 희망이 없습니다."

1학기 말 상담에서는 이렇게 말했다.

"아직 고민 중이에요."

학년 말 학교생활기록부 작성을 앞두고는 이런 답이 돌아왔다.

"진로 탐색 중이에요."

그래서 소년 ㄹ의 생활기록부 진로희망란에는 '진로 탐색 중'으로 적었다.

올해 육아휴직을 하고 집에 있는데, 9월에 ㄹ로부터 안부

문자가 왔다. 이런저런 이야기를 주고받다가 진로 생각이 났다. 근 일 년 만에 다시 물어봤다.

— 아직도 진로 탐색 중이에요.
— 요즘에 고민을 많이 하고 있는데 선택을 못 하겠어요.

학창 시절 나를 스쳐간 여러 장래 희망들 밑바탕에는 늘 국어 선생님과 작가가 자리 잡고 있었다. 꿈을 이루고자 치열하게 살진 못했지만 언제부터인가 장래 희망을 적으라고 하면 긴 생각 없이 국어 선생님이나 작가를 적었다. 수능이 끝나자 공무원인 우리 아버지는 애매한 성적으로 이도 저도 안 될 것 같다고, 가까운 대학에 들어가서 공무원을 하라고 했다. 때마침 그곳이 공무원 합격률 몇 프로라고 뉴스까지 나왔다.

아버지는 SKY가 아니면 상경은 의미가 없다고 했다. 그때 나는 무작정 먼 곳으로의 독립을 꿈꿨고, 아버지는 딸아이의 철없는 생각을 간파하고 있었는지도 모른다. 내가 원하는 대학의 특차 원서를 들이밀었으나, 아버지는 끝내 도장을 찍어주지 않았다. 나는 밤이 새도록 펑펑 울었다. 한 번도 생각해보지 못한 길이었기에 당혹스러웠다. 이대로 내 삶이 결정지어지는 것 같아 섬뜩했다. 그때 칼바람 부는 날, 주황색 패딩을 걸치고 처음이자 마지막 가출을 했다. 별 소용이 없었다.

대학교에서 수업을 들으며 태어나 처음으로 진로에 대한 고민을 했다. 진짜 내가 하고 싶은 것이 무엇인가 생각했는데 내 밑바탕에 뭉근하게 자리 잡고 있던 그것이 떠올랐다. '선생님'을 떠올리는 것은 무엇보다 자연스러운 일이었다. 그래서 사범대로 전과를 했다. 그리고 임용고시를 쳤고, 국어 선생님이 되었다. 살다 보니 자연스럽게 글도 쓰고 있다.

학창 시절 막연하게 꿈꿨던 일들이다. 그런데 중요한 선택의 순간마다 어디선가 튀어나와 내 등을 떠밀었다. 꿈꾸는 대로 살아진다는 말에 공감한다. 그런데 가끔, 아이들에게 지금 당장 꿈을 꾸라고 재촉하는 상황이 벌어진다. 어른들은 자꾸 지름길을 알려주고 싶어 한다. 열다섯 소년 ㄴ과 ㄷ과 ㄹ은 각자의 방법과 속도로 세상을 탐색하고 있다. "진로 탐색 중입니다"라는 말은 그리 불안한 말이 아니다. 제대로 걷고 있다는 말이다. 적어도 나보다는 낫다.

이 글을 적고 있는데 소년 ㄷ으로부터 전화가 왔다. 뭐 이런 우연이 다 있나 소름이 돋았다. 몇 달 전 ㄷ이 담임선생님께 전화를 드려야 하는데, 실수로 작년 담임인 내게 전화를 한 것 말고는 처음으로 연락을 해온 것이다. 국어 성적이 올랐다며, 요즘 열심히 공부하고 있다고 했다. 지금은 꿈이 뭐냐고 물으니 대통령이라고 했다. 그래서 위와 같은 내용 이 완성되었다.

고민 있을 땐 운동장 데이트

이상한 반을 만났다.

보통은 첫 만남 이후 보름 정도만 지나도 살갑게 인사를 하거나, 슬금슬금 다가와 말을 건다. 지금까지 만난 보통의 중학생들은 그랬다. 그런데 올해 우리 반은 다르다. 좋은 건지, 싫은 건지 당최 알 수가 없다. 뚱한 표정으로 앉아 있기만 한다. 진짜 앉아 있기만 한다. 아이들이 가만히 앉아 있는 것이 몹시 낯설다.

처음엔 '오, 역시 신입생. 때 묻지 않은 순수함이 귀여운걸'이라고 생각했다. 한 달이 지나고 두 달, 석 달이 지나도 조용─히, 마스크로 얼굴의 반을 가린 채 눈만 끔벅끔벅했다. 심지어 쉬는 시간, 점심시간에도 그랬다. 작년 아이들이었다면 '너희들이 드디어 철이란 게 들었구나! 어화둥둥 우쭈쭈 잘한다 잘한다' 했겠지만, 어쩐지 이런 모습이 반갑지 않다.

수업 시간은 더 문제다. 질문을 해도 답이 없다. 계속 눈만 끔벅끔벅한다. 나 혼자 떠들어본다. 나 혼자 웃어본다. 어쩐지 수치스러워져 나 혼자 당황한다. 나 혼자 지친다. 소통이 되지 않는 수업은 기억되지 않는 수업이 된다. 누구 하나 먼저 용기 내어 대답하지 않았다. 혹시 담임 수업이라 그런가 싶어 다른 교과 선생님들께 수업 분위기를 여쭈어도 같은 반응들이다.

이놈의 코로나 때문인가도 싶었다. 입학식도 없이 마스크를 쓰고 중학교 생활이 시작되었다. 소녀 소년들에게 교실에서 지켜야 할 사회적 거리두기를 강조했다. 잡담을 삼가고, 신체적 접촉을 하지 말고, 가능하면 자기 자리에 앉아 있으라고 했다. 아이들은 담임의 부탁대로 착실하게 따라왔다. 그렇다 해도 이렇게까지 할 줄이야. 마음까지 거리두기를 하라고는 하지 않았는데 말이다.

다른 반 수업 분위기는 여느 때와 다르지 않다. 늘 그래 왔듯 교실은 흥겹고 생생하다. 우리 반은 그 생생함이 없다. 서로 눈치만 보며 친해지지 못하고 있다. 그렇다고 닦달해서 해결될 문제는 아니기에 좀 더 찬찬히 소녀 소년들을 살펴보아야겠다고 마음먹었다. 아이들의 눈빛에는 분명 타인에 대한 무관심이 아니라 두려움이 담겨 있었다. 서툴고 어색했다. 긴장하고 경직된 아기 사슴들처럼 보였다.

그렇게 우리에게 가을이 오고야 말았다. 운동장 느티나무 잎이 가을볕에 그을린 얼굴로 흔들린다. 더는 기다릴 수 없었다.

운동장 데이트 신청받아요.
이 가을이 가기 전에 우리 데이트합시다.
조회대 옆 느티나무 아래에서 기다릴게요.

고민이 있거나, 특별히 선생님께 하고 싶은 이야기가 있으면 신청하라고 말했다. 역시나 아이들은 조용히 듣고만 있었고, 과연 몇 명이나 데이트를 신청해올까 싶었다.

그런데 다음 날 소녀 두 명이 찾아왔다. 그리고 소년 두 명이 찾아왔다. 그리고 다음 날 소녀 네 명이 찾아왔다. 또 소년 두 명이 찾아왔다. 그렇게 조용히 찾아와 선생님, 운동장 데이트 신청하러 왔어요, 라고 말했다. 조심스럽고 소심한 데이트 신청에 나는 혼신의 힘을 다해 반겼다.

우리는 점심시간이 되면 만났다. 나는 서둘러 점심을 먹고 커피를 들고 느티나무 아래로 갔다. 한 모금, 두 모금 커피 냄새가 기분 좋게 퍼지고, 온기가 손에서 입으로 발끝으로 전해질 때쯤, 자박자박 바스락바스락 수줍은 발자국 소리가 들린다. 우리 걸읍시다.

　운동장은 따뜻한 색감을 지녔다. 수십 년의 세월 동안 이곳에서 누군가는 웃었을 것이고, 누군가는 울었을 것이다. 누군가는 감격했을 것이고, 누군가는 한숨지었을 것이다. 운동장은 늘 같은 모습으로 자리를 지키며 수많은 웃음과 울음과 땀과 노력과 한숨과 감격을 고스란히 받아내고 간직하고 있다. 그래서 운동장은 단단하고, 그래서 밟으면 폭신폭신하다. 우리는 폭신폭신한 운동장을 밟으며 천천히 조심스럽게 마음을 꺼낸다.

　"선생님, 그냥 같이 걷고 싶었어요."

　"제가 요즘 소설을 쓰고 있는데 잘 안 풀려요. 이야기가 자꾸 산으로 가요."

　"수업 시간에 대답하는 게 부끄러워요."

　"혼자 있는 친구에게 말을 걸고 싶은데, 싫어할까 봐 말을 못 붙이겠어요."

　어느 날은 진지하고, 어느 날은 가볍고, 어느 날은 유쾌하다. 같이 걸으며 수줍게 얼굴을 붉히기도 하고, 까르르 웃기도 한다. 반 아이들의 절반 정도가 운동장 데이트를 마쳤을 때쯤, 퇴근 후 메시지 한 통이 도착했다.

―운동장 데이트 신청할래요.

　내성적인 아이들이 많은 우리 반 중에서도 유독 말수가 적은 소년 ㅂ이다. 담임이 말이라도 붙일라치면 큰 눈망울이 갈 길을 잃은 듯 흔들렸다. 목소리 듣기가 힘들었다. 뜻밖의 데이트 신청이 반갑고 놀라워 당장 날짜를 잡았다. 화요일 열두 시 오십 분 느티나무 아래.

　막상 담임과 상담을 하더라도 속마음을 어디서부터 어떻게 꺼내야 할지 몰라 망설이는 아이들이 많다. ㅂ에게 무슨 말부터 해야 할까 말을 고르기가 어려웠다. 요즘 무슨 고민이 있니? 라고 조심스럽게 말을 꺼내자마자,
　"네. 중학교 생활이 적응이 안 돼요. 저는 초등학교 때는 밝은 성격이었어요. 친구들과도 잘 지냈어요. 그런데 친하게 지냈던 친구들이 다 다른 중학교로 갔고, 저만 우리 학교로 오게 되었어요. 저는 지금 친구가 없고, 그래서 자꾸 다른 친구들 눈치를 보게 돼요."
　소년 ㅂ이 또박또박 자신의 고민을 술술 이야기하는 모습에 사실 조금 놀랐다. ㅂ의 고민은 함께 진지하게 생각해보아야 할 문제였지만, 고민을 듣는 순간 속이 뻥 뚫리는 것 같았

다. ㅂ이 늘 말없이 축 처져 있는 모습을 볼 때면 마음이 무거웠다. ㅂ의 고민은 나의 고민이기도 했다. 그런 ㅂ이 자신의 마음을 이렇게 시원스럽게 표현하다니. 함께 풀어야 할 숙제가 생기긴 했지만, ㅂ이 자기 이야기를 씩씩하게 표현할 수 있어서 참 다행이구나 싶었다.

솔직하게 고민을 이야기해주어서, 운동장을 함께 걸어주어서 고맙다고 말했고, ㅂ은 예쁘게 웃었다. 그날 저녁 ㅂ의 어머님으로부터 메시지가 왔다. ㅂ이 중학교 입학한 후 처음으로 웃으면서 집에 돌아왔다고 하셨다. ㅂ의 고민은 아직 해결되지 않았지만, 운동장 데이트는 ㅂ을 웃게 했고, 나를 안도하게 했다.

쉬는 시간에 교실이 웅성거린다. 옳지, 좀 더 떠들어라. 뚫린 입은 떠들라고 있는 것이야. 웃음소리가 참으로 반갑구나. 마스크 안의 표정을 모두 읽을 수는 없지만, 눈이 진심을 다해 웃는다. '우리 교실은 안전한 곳이구나, 마음 놓고 웃을 수 있는 곳이구나'라고 아이들의 눈이 말해준다. 타인을 함부로 대하지 않고, 느리지만 조심스럽게 서로에게 스며드는 소녀 소년들이 더 좋아졌다.

단지 운동장을 걸었을 뿐이다. 같이 흩날리는 낙엽을 보았다. 자박자박 서로의 발자국 소리를 들으며 천천히 느리게 서로의 속도에 걸음을 맞추었다. 운동장은 전보다 더 단단하고 폭신폭신해졌다.

소녀, 소설을 씁니다

카톡이 울렸다. 이 년 전 함께 운동장 데이트를 했던 소녀 ㅈ이다. 낙엽이 떨어진 운동장을 걸으며 조곤조곤 고민을 이야기하던 소녀. "제가 요즘 소설을 쓰고 있는데 잘 안 풀려요. 이야기가 자꾸 산으로 가요"라고 말하던 소녀. 그때가 열넷이었으니 이제 열여섯이 되었다. 반가운 마음에 서둘러 메시지창을 열었다.

여전히 소설가라는 꿈을 꾸고 있고, 여전히 소설을 쓰고 있다고 했다. 그리고 얼마 전부터는 창작 콘텐츠 플랫폼에서 소설 연재를 시작했다는 소식과 함께 자신의 글을 꼭 봐주었으면 좋겠다는 말을 전했다. 메시지에서 소녀의 떨림이 느껴졌다.

사실 ㅈ과 함께한 시간은 그리 길지 않았다. ㅈ의 담임을 하고 다음 해에 다른 지역의 학교로 이동했다. 소녀와 함께한 시간은 일 년이었고, 코로나로 인해 그마저도 온전히 함께할 수 없었다. 마스크를 쓴 채 격주로 띄엄띄엄 등교를 했다. 예상치 못한 상황에 담임은 정신이 없었고 그럼에도 시간은 가고 아이들은 커갔다. 아이들과 함께한 추억이 없었고, 스치듯 지나간 시간이었다. 담임으로서 가장 아쉬움이 남는 해였다. 그래서 ㅈ의 연락은 뜻밖의 반가움이었다.

이 년 전 운동장 데이트 신청을 받겠다고 했을 때 ㅈ은 기다렸다는 듯 내게 찾아왔다. 소녀는 함께 운동장을 걸으며 소설가가 되고 싶다고 했다. 매일 소설을 쓰고 있는데 언젠가 꼭 선생인 나에게 자신의 글을 보여주겠다고 약속을 했다. 나는 꼭 그런 날이 왔으면 좋겠다고 말했다. 꿈을 이야기하는 소녀의 붉은 두 볼이 기특하고 사랑스러워서 꼬집어줄까 하다가 대신 등을 토닥여주었다.

그렇게 삼 년 동안 계속 소설을 써왔나 보다. 혼자서 간절한 마음으로 꿈을 좇았나 보다. 그리고 가끔은 낙엽이 바스락거리던 운동장에서의 다짐과 약속을 떠올렸나 보다.

소녀가 보내준 링크를 클릭해서 소설을 읽어내려갔다. ㅈ의 세상을 읽어내려가며 가슴이 뭉클했다. 가을날 낙엽이 흩날리던 운동장을 밟았던 시간들이 떠올랐다. 운동장 구석구석에다가 걸음걸음 꼭꼭 ㅈ의 꿈을 심었다. 몰랐는데 그 꿈이 자라고 있다. 그걸 볼 수 있는 나는 꽤 행복한 선생이다.

호구는 알고 있다

지금보다 조금 더 젊었을 때였다. 한동안 잠 못 드는 밤을 보냈다. 자꾸만 그날의 목소리와 표정이 떠올라서였다. 정신 없이 휘몰아치는 일과 사람들의 말과 낯선 환경은 신경을 곤 두서게 만든다. 서로에게 피해를 주지 않기 위해, 실수하지 않 기 위해 알게 모르게 긴장 상태를 유지한다.

그런데 '알게 모르게' 응축된 긴장감은 예상치 못한 순간에 종종 뻥— 하고 터진다. 그리고 그 대상이 주로 나이가 어리거 나, 착해 보이거나, '그래도 될 것 같은 사람'이라는 것은 조금 은 슬픈 사실이다. 그날은 내가 '그래도 될 것 같은 사람'이었 을 것이다. 뻥— 하고 터진 얼굴을 마주하며, 할 수 있는 한 차 분하고 담담하게 지금의 상황과 나의 입장에 대해서 이야기했 고, 이 정도면 충분히 마음을 전달했다고 생각했다. 그러고는 괜찮다고 생각했는데, 그렇지가 않았다. 상대가 뻥— 하고 터 질 때의 목소리와 표정이 며칠을 따라다녔다. 특히, 늦은 밤이 나 세상의 자극으로부터 벗어난 멍한 시간엔 더욱 그랬다.

언젠가 익명으로 봉사활동을 한 적이 있었다. 점잖은 분들이 모인 곳에서 커피를 나눠주거나 뒷정리를 하는 일이었다. 편한 복장에 마스크를 끼고 있어서 나이보다 어려 보였던지, 사람들이 지나치게 편하게 대하고 있다는 것을 느꼈다. 반말을 하거나, 말없이 턱짓을 하거나, 사소하거나 무리한 것들을 당연하다는 듯 요구했다. 점잖아 보이는 분들의 진면모를 보았다고 해야 할까. 반전 영화를 보고 있는 기분이랄까. 저렇듯 점잖아 보이는 분들이 '그래도 될 것 같은 사람'에게는 이런 모습을 보이는구나. 동등한 입장에서 단순히 봉사를 하고 있는 사람에게도 무례하게 행동하는 저들이, 보수를 지급 받고 일하는 노동자들에게는 어떤 식으로 행동해왔을지 안 봐도 알 것 같았다.

혹시 지금 내가 '호구'로 보이는 걸까. 나는 내가 '호구'인지 모르고 살아왔는데, 알고 보면 말로만 듣던 '호구'가 나였던 것일까, 라는 생각이 들면서 피식 웃음이 났다. 순간 매우 중대한 사실을 깨달았기 때문이다. '호구는 알고 있다'는 진실을 말이다. 호구들은 진짜 세상을 볼 수 있다. 점잖은 척, 예의 바른 척하고 있지만, 그들이 '그래도 될 것 같은 사람'들 앞에서는 어떤 식으로 행동하는지, 당신의 진짜 모습은 무엇인지

'그래도 될 것 같은 호구'들은 다 알고 있다.

 소녀 ㅁ은 대표적인 웃상이다. 가만히 있어도 웃는 얼굴이라서 소녀 ㅁ의 얼굴을 보기만 해도 저절로 웃음이 난다. 성격도 밝고 시원시원하다. ㅁ의 흥겨운 목소리는 종종 복도를 울리며 교무실까지 전달된다. 얼마 전 ㅁ의 반에서 '배려하며 말하기' 수업을 할 때였다. 상대를 배려하며 말하는 태도에 대해서 아이들과 함께 이야기를 나누고 있었다. 그런데 자꾸만 '나는 호구인가'에 대한 지난날의 고찰이 떠올랐다. 수업 중 나도 모르게 감정이입이 되어 사뭇 비장한 어조로 이야기를 이어나가고 있었다. 그런데 ㅁ이 평소보다 진지한 표정으로 역시나 비장하게 고개를 끄덕인다. 불현듯 소녀도 지금 이 순간 나와 비슷한 생각을 하고 있다는 것을 알아차렸다.

 "존재하는 모든 사람은 똑같이 존중받아 마땅한데, 때론 그렇지 못한 순간을 경험할 때도 있지요. 선생님도 가끔 그런 일을 겪어요"라고 말하자 소녀 ㅁ이 놀라며 "선생님도요?" 하고 묻는다. 모든 사람들이 서로 배려하고 존중해주면 좋겠지만 세상에는 그렇지 못한 사람들도 많다고, 그리고 그런 사람들은 대체로 치사해서 자기보다 어리거나, 착해 보이거나, '그래도 될 것 같은 사람'들에게 못된 말을 한다고, 나도 가끔 내가 '호구'인가 생각하게 된다고 말했다. ㅁ은 "맞아요!!!"라고 놀랄 만큼 큰 소리로 답했다.

소녀 ㅁ을 바라보았다. 놀랄 만큼 큰 소리로 대답하고 있는 중에도 웃상이다. 늘상 성격 좋아 보이는 얼굴을 하고 있는 ㅁ은 사람들 속에서 은연중에 '그래도 될 것 같은 사람'이 되어 있었을 것이다. '그래도 될 것 같은 사람'에게 툭툭 던져진 말들은 ㅁ의 마음을 아프게 했다. 남몰래 잠 못 드는 밤을 보냈을 수도 있고, 스스로를 비난하거나 책망했을지도 모른다.

각박한 세상 속에서 나를 보며 웃음 지어주는 누군가를 '그래도 될 것 같은 사람'이라 여기지 않고, 무례를 선사하지 않고, 한결같은 존중과 배려로 대해줄 수는 없을까. 당신이 받는 상처를 저이도 받고, 때론 슬퍼하고 때론 원망하고 있다는 사실을 알아줄 순 없을까.

"그런데 ㅁ아, 우리는 다 알고 있지? 어떤 사람이 좋은 사람이고, 어떤 사람이 나쁜 사람인지 말이야."

소녀 ㅁ에게 웃으며 말했다. 나중에 '호구는 알고 있다'라는 제목의 책을 내볼까 하는데 어떠냐고 묻자, ㅁ은 아까보다 더 큰 소리로 대답했다.

"네! 맞아요. 저는 다 알고 있어요! 선생님, 그 책 꼭 출간해주세요. 제가 꼭 읽어볼 거예요."

가끔 '나는 원래 그래'라고 말하며, 거침없이 타인에게 상처를 주는 이들을 본다. 당신이 원래 그래서 생각보다 많은 이들은 잠 못 드는 밤을 보낸다. '배려하며 말하기'는 중학교 1학년 국어 교과서에 나오는 내용이다. 배운 대로 살아가는 것이 쉬운 일은 아니겠지만, 아쉬운 마음은 어찌할 수가 없다.

우리 사는 세상 그 어디에도 '그래도 될 것 같은 사람'은 존재하지 않는다. 그래도 된다고 한 적 없다. 그래도 된 적은 늘 없었고, 언제나 그러면 안 되는 것이어서 아팠다. 그럴 때, 내가 할 수 있는 일은 천천히 또박또박 무례함에 마주하는 것이다. 차분하고 담담하게 나의 입장을 전하는 것이다. 이런 과정이 없으면 미움이 생겨난다. 솔직한 마음을 전달하고 나면 상대가 덜 밉다. 미움이라는 감정에 사로잡히는 것은 괴로운 일이고, 무례한 상대를 미워하는 데 내 마음을 쓰기는 아깝다.

그리고 조금 천천히 용서해주는 것이다. 당신의 무례함은 결코 가벼운 것이 아니어서 나는 지금 불편하고 불행하다는 사실을 당신이 알게 되길 원한다. 아마도 나는 당신을 용서하겠지만 내가 느낀 당혹감을 서둘러 접어버리고 싶진 않다. 나는 내 마음을 알아차려주고, 당신도 당신을 알아차려주길 바란다. 얼마쯤은 성찰하고 어느 정도는 후회도 하면서 다짐 같은 것도 할 수 있으면 좋겠다. 나는 당신의 고달팠던 지난 삶을 떠올린다. 살아오는 동안 당신의 무례함은 분명 당신을 외롭고 쓸쓸하게 했을 것이다. 당신을 미워하진 않더라도 조금은 천천히 용서하고 싶다. 때론 당신의 무례함을 반찬 삼아 씹기도 하고, 이렇게 글로도 쓰면서 말이다.

담임이라는 것

학년을 마무리할 즈음이면 마음이 소란하다. 내년도 업무 희망서를 마주하며 생각이 많아진다. 희망을 적는다고 해서 그대로 되는 일은 많지 않지만, 일말의 기대를 품고 희망을 작성해본다. 몇 해 전부터는 어김없이 '담임'이라는 글자 앞에서 커서가 멈추고 깜빡인다. 검지로 톡톡톡 마우스를 두드린다. 커피의 온기가 사라지고 내적 갈등은 깊어진다.

나는 담임을 희망하는가.

첫 담임을 맡았던 때를 기억한다. 그날의 설렘을 잊을 수가 없다. 교직의 꽃은 담임이라 생각했건만 스물다섯 첫해에는 내게 담임을 맡기지 않았다. 그때는 그게 속상했다. 얼른 우리 반을 만나서 우리 반 아이들과 알뜰살뜰히 한 해 농사를 지어보고 싶었다. 보여주고 싶은 것도 많았고 해주고 싶은 말도 많았다.

지금에 와서 생각해보면 인사 담당자로서는 온당한 결정을 한 것이었다. 나보다 한참 영근 선배 교사들도 있었고, 나야 말로 말이 선생이지, 어제까지 책만 붙들고 있다가 오늘부터 갑자기 교단에 선, 본인조차 학생인지 교사인지 헷갈리는 내면화가 덜 된 교사였기 때문이다. 스물다섯의 나는 학생과 다를 바 없는 얼굴이었고, 알맹이도 그랬다. 고3 아이들과는 대여섯 살 차이밖에 나지 않았고, 고3뿐만 아니라 중3 학생들이 걸걸한 목소리로 슨생님— 이라고 부르면 네… 라는 대답이 절로 나왔다.

이듬해 드디어 담임이 되었다. 햇병아리 같은 열네 살 중1 아이들의 담임이었다. 고 귀엽고 사랑스러운 존재들 앞에서 나는 어떤 담임이 되어야 하나…. 마음속에선 이미 사랑과 설렘이 폭주하듯 샘솟았고 주체할 수 없는 감격은 표정으로 드러났다. 다시 말해 표정 관리가 전혀 안 되고 있었다는 말이다. 불현듯 선배 교사들의 따뜻한 조언이 생각났다. 3월에는 표정 관리를 해야 한다. 만만하게 보이는 순간 끝이다.

최대한 딱딱해 보이는 옷을 골랐다. 가죽 재킷이라도 하나 장만할까 싶었으나 상상만으로도 몹시 안 어울렸다. 머리카락을 바짝 당겨 으른(?) 헤어스타일을 흉내 내보았다가 풀었다. 어색하고 우스꽝스러웠다. 결국에 내가 택한 건 무표정이었다. 최대한 근엄하고 진지한 얼굴로 한 달을 버텼다. 그 한 달 동안 아이들 앞에선 웃지도 않았다. 잘못 배워도 한참 잘못 배운 시작이었다.

아이들은 별다른 특이사항 없이 잘 따라오는 듯했다. 나는 근엄하고 진지한 선생님 노릇 때문에 이중생활에 대한 피로감이 있긴 했지만, 또 교실에서의 아기자기한 재미를 포기해야 하는 것이 살짝 아쉽긴 했지만 나름 만족했다. 그렇게 3월의 막바지를 지나는 어느 날의 점심시간이었다. 동료 선생님들과 마주 앉아 느슨하고 즐거운 식사를 하고 있을 때였다. 우리 반 아이들이 급식실로 들어서는 부산스러움을 캐치한 순간 재빠르게 표정을 고쳤다. 아이들이 급식 판을 들고 우리가 앉은 주변으로 자리를 잡았다.

다시금 근엄하고 진지하게 밥을 먹기 시작했다. 그런데 우리 반 반장이었던 소녀 ㅁ이 내 옆에 앉은 동료 선생님께 다 들리는 귓속말을 했다.

"선생님, 울 ㅅ선생님께 이제 그만하셔도 된다고 전해주세요."

그리고 연이어,

"편하게 웃으셔도 된다고 꼭 전해주세요. 흐흐흐."

동료 선생님은 그걸 또, 굳이 다시 한번 나에게 전달해주었다. 다 들리는 귓속말로 이미 주변 모든 이들이 죄다 들었는데 말이다. 그들은 숨죽여 웃었고, 나는 숨죽여 울었다. 목 뒷덜미를 시작으로 온몸이 뜨거워져 어질어질했다.

그날 종례 시간에 교실에 들어가니 아이들은 여전히 숨죽여 웃고 있었다. 입을 앙다물고 내 눈치를 살피는 스무 쌍의 어린 눈망울을 보는 순간 나도 모르게 웃음이 튀어나왔다. 그동안 참았던 한 달 치의 웃음이 진하고 길게 터져 나왔다. 웃다가 눈물이 찔끔 났는데 얼른 훔쳤다. 아이들이 깔깔거리며 웃어대는데 그제야 얼어붙어 있던 마음이 사르르 녹았다. 얼굴 근육이 제자리를 찾으며 편안해졌다. 거기서부터 우리의 일 년은 시작되었다.

그때는 그런 어설픈 이중생활과 연기, 무리수를 두면서까지 담임이 하고 싶었다. 아이들과 살 부대끼며 함께하고 싶었고, 풋풋한 목소리에서 흘러나오는 이야기에 귀 기울이고 싶었다. 아이들의 삶 속에 뛰어드는 것이 두렵지 않았고, 아픔을 모른 척하지 않고 같이 울고 같이 웃고 싶었다. 배움의 여정을 함께하고 싶었다. 그 모든 것이 간절했다.

꽤 많은 시간이 흘렀고, 여전히 같은 아이들이지만 나는 조금 지쳤다. 아이와 그 아이를 둘러싸고 있는 세계의 절망은 때론 공격적이고 무자비했다. 그 세계는 가시를 세우고 웅크

렸으며 쓰다듬던 손길에 가시가 박히기도 했다. 선생님의 뺨을 때렸다는 아이, 아이들 앞에서 선생님을 폭행하는 엄마. 멀리서 들려오는 스산한 소식이 멀지 않게 느껴진다. 마음을 다하는 일에 주춤거리게 되면서 적당한 거리를 찾게 되었고, 허울 좋은 거리두기는 아슬아슬한 안녕을 이어가게 했으며 못내 씁쓸했다. 새 학년이 시작될 때마다 학부모님께 보내드리는 편지에 "아이들의 아픔을 모른 척하는 교사는 되지 않겠습니다"라는 구절을, 어떤 해에는 넣었다가 어떤 해에는 뺐다가 한다.

그러면 혼자서 서글프고 미안하고 두려워진다. 나는 담임이 하고 싶은가. 할 수 있는가. 해도 되는가. '담임'이란 글자 앞에서 비상등이 켜졌다. 방향을 잃은 커서가 줄곧 깜빡이며 멈추어 서 있다.

꽃이 스러졌는데

초등학교 2학년 우리 아이가 가장 존경하는 사람은 선생님입니다. 이유를 물었더니 공부를 잘 가르쳐주시고, 친절하시기 때문이라고 합니다. 저는 중학생들에게 국어를 가르치고 있습니다. 십 수 년째 담임을 맡고 있기도 합니다. 그리고 저는 제 딸아이가 가장 존경하는 사람이 담임선생님인 것이 참 좋습니다.

운이 좋게 훌륭한 담임을 만났다고 생각하시겠지요. 맞습니다. 우리 아이는 운이 좋게도 하루하루 성실하게 묵묵히 담임의 자리를 지켜내느라 애쓰시는 훌륭한 선생님을 만났습니다. 2023년 7월 18일 세상을 떠나신 어느 초등학교 선생님처럼 말입니다.

선생님을 존경하는 마음은 학교를 사랑하게 하고, 교실에서의 일상을 너그럽게 바라보게 합니다. 그런 아이의 시선은 선생님에게도 고스란히 전해집니다.

언젠가 한 소년이 교실에서 '선생이', '선생한테'라고 말하는 것을 들은 적이 있습니다. 소녀 소년들은 학교에서 매일 선생님을 '선생님'이라고 부릅니다. '선생'이란 말은 아이들에게 자연스럽지 않은 단어이고, 그 뒤로 이어지는 문장 또한 아이들의 문장이 아니었습니다. 소년은 부모로부터 흘러들어온 문장을 교실에서 아무렇지 않게 흘려보내고 있었습니다.

오랜 시간 학교에서 지내다 보니, 학교가 돌아가는 생태도 자연스럽게 알아가게 됩니다. 가끔 딸아이의 학교 소식을 접하며 '어, 왜지?'라는 생각이 들기도 합니다. 그럴 때면 입에서 흘러나오려는 소리를 의식적으로 막습니다. 생각지 못한 순간에 제 입에서 흘러나온 부정의 언어로, 학교와 선생님에 대한 불신이 아이의 마음에 자리 잡을까 봐서입니다. 삶의 자리이자 배움의 터전인 학교가 불신의 대상이 되는 것은 아이에게도 괴로운 일이기 때문입니다.

아이의 시선의 흐름을 존중하고 싶습니다. 부모의 관점이 아니라 스스로 성장하는 과정에서 사물과 현상과 학교와 사회에 대해서 관찰하고, 정의 내릴 수 있기를 바라면서요. 실은 딸아이는 초등학교 1학년 때도 선생님을 좋아했습니다. 그때는 존경한다는 표현을 사용할 줄 몰랐던 것 같습니다. 지금과는 조금 다른 이유였습니다. 공부보다 중간 놀이 시간을 많이 주시고, 이해를 잘해주시기 때문이라고 했습니다.

'부모'가 언제든 혼낼 수 있는 '선생'이 있는 곳에서 과연 어떠한 배움이 일어날 수 있을까요. 아이는 그런 '선생'의 말을 들을 필요가 없습니다. 함부로 소리치고 막무가내로 덤벼듭니다. 아이는 실수와 잘못을 통해 배우기도 합니다. 그러나 가르칠 수 있는 권위를 박탈당한 교사는 가르칠 수가 없습니다. 그리고 아이는 배움을 박탈당한 채 어른이 되어갑니다.

아이의 부정적 시선을 모두 부모의 탓으로 돌리려는 것은 결단코 아닙니다. 다만 많은 경우, 훌륭하게 자란 소녀와 소년들 뒤에는 언제나 그보다 더 훌륭한 부모님이 계셨습니다. 고학력에 돈이 많은 양육자를 말하는 것이 아닙니다. 하루하루 살기 빠듯하더라도 너그럽고 일관된 시선으로 인간으로서의 품위를 지키고자 애쓰는 어른을 말하는 것입니다. 그리고 저 역시 그러한 부모가 되기를 소망하며 애쓰고 있습니다.

한 아이의 부모님으로부터 전화를 받은 날이었습니다. 날선 이야기의 마지막은 담임을 향한 원망입니다. 부모의 귀는 자녀에게만 열려 있고, 상황의 앞뒤와 맥락과 스토리는 어쩔 수 없이 일정 부분 추측과 상상으로 채워집니다. '자식을 위해서'라는 명분 아래 말입니다. '학생을 위해서' 했던 열심이 '자식을 위해서'라는 열심 앞에 무너집니다. 사랑으로 바라봤던 아이를 향한 시선에 벽이 생깁니다. 부모님이 들이댄 법의 잣대로 아이를 바라보게 됩니다. 따뜻함은 사라지고 빈틈없는 냉정만 남게 됩니다.

선생님은 기계가 아니고 인간입니다. 그러나 촘촘하고 파괴적인 잣대는 기계적인 교사로만 남게 합니다. 윽박질러 주문한 가르침은 즉시로 완성되어 나올 수 없습니다. 가르침도 물건이 아니기 때문입니다. 선생님과 학생은 관계하고 소통합니다. 위축과 상실, 무기력 안에서 사랑과 보살핌의 마음이 생길 리가 없습니다. 사랑과 보살핌의 관계가 이어질 수도 없습니다. 어느 때보다 예민한 감수성을 지닌 아이들에게 그런 교사의 마음이 흘러들어가겠지요. 아프고 병든 마음 그대로 아이들에게 흘러들어갈 것입니다.

때론 학부모님의 날 선 모습이 안쓰럽게 느껴지기도 했습니다. 마음 깊이 자리한 불안과 두려움이 전해질 때도 있습니다. 그러나 '자식을 위해서'라는 명분으로 행한 열심이 분노로 표출될 때, 그것은 이미 자식을 위한 일이 아님을 알게 됩니다.

'자식을 위해서'라는 명분으로 행한 열심의 끝에 자식의 행복이 아니라, 부모 자신의 자존심과 욕구만 남는 순간을 마주하게 됩니다. 그 누구도 바라지 않았던 문제입니다. 부모님의 자녀의 문제임과 동시에 우리 반 학생의 문제이기도 하고, 그 이전에 학생 자신의 문제이기도 합니다. 지혜를 모으고 협력해야 하는 순간인 것입니다. 있는 그대로 진실된 원인과 방안을 찾는 데 정성을 들여야 합니다.

그러기 위해서는 신뢰가 필요합니다. 학교와 선생님이 내 아이를 억울하게 만들지는 않을 것이라는 신뢰, 공평하고 올바르게 판단하고 이끌어줄 것이라는 신뢰, 우리가 같은 편일 것이라는 신뢰 말입니다. 부모와 교사는 아이들의 치열하고도 반짝이는 성장의 시간을 함께 지켜보는 같은 편입니다.

소중한 내 아이가 처음으로 세상을 공부하는 곳인 학교가 아픕니다. 가르칠 수 없고, 배우지 못하는 무너진 학교를 아이들의 정직한 눈이 바라보고 있습니다. 교권과 학생 인권은 서로 존중되어야 하고, 어느 한쪽이 다른 한쪽을 짓누르고 으르고 협박해서는 안 됩니다. 그 어느 때보다 서로에 대한 예의가 절실한 때입니다. 모든 문제의 원인과 책임을 교사 개인의

책임으로 돌려서도 안 됩니다. 더 이상 교사를 벼랑 끝으로 몰아서는 안 됩니다.

오늘은 아니지만, 언젠가는 내게도 닥칠 일이라고 마음먹고 있었습니다. 운이 좋지 않은 어느 때, 내게도 한 번은 닥칠 일들이니 미리 대비해야 한다고, 놀라지 말자고 그리 마음먹고 있었습니다. 국화꽃 든 손이 부끄럽습니다. 부끄럽고 미안한 마음으로 헌화를 합니다. 꽃다운 젊음이 스러질 때까지 아무것도 하지 못한 선배 교사로서 부끄럽고 죄송합니다. 그러면 안 되는 것이었습니다. 어쩔 수 없이 받아들여져서는 안 되는 것이었습니다.

그래서 점이 되었습니다. 비통하고 섧은 점이 되어 점점이 점을 찍습니다.

꽃이 스러졌는데 세상은 온통 갈 길을 잃은 듯합니다.

3

네 생각 셋,

아름답고 찬란해

별명에 관하여

며칠 전 여고 동창 춘에게 연락을 했다. 이틀 뒤에 있을 임의 결혼식에 참석하지 못할 것 같다고 전했다. 동창들 결혼식은 어떻게 해서든 참석하고 싶은데 그날은 피치 못할 사정이 있었다. 고민 끝에 춘에게 연락하여 아쉬운 마음을 전했다. 춘은 뽀래미의 안부를 물었다. 나도 연락한 지 오래되었다고 했다.

결혼식 후 춘이 사진을 보내주었다. 결혼식에 참석한 동창들 얼굴을 보니 더욱 그립고 아쉬워서 고3 때 짝이었던 깨돌이에게 연락을 했다. 깨돌이는 몹시 반기며 재돌이의 안부를 전해줬다. 재돌이도 깨돌이와 마찬가지로 싱글이고 연예인처럼 예뻐졌다며 점점 예뻐지는 걸로 봐서 계속 계속 뭘 하는 것 같다고 했다. 춘, 임, 뽀래미, 깨돌이, 재돌이는 얼핏 암호처럼 들리지만, 여고 시절 그녀들의 별명이었다. 그리고 내 별명은 지돌이었다.

스물대여섯쯤 되었을 때 초등학교 반창회에 나갔다. 졸업

후 처음 만나는 자리라서 설레는 마음을 추스르고 약속 장소로 갔다. 크게 심호흡을 하고 호프집 문을 열고 들어서자마자 한 남자가 "숏지래이!"라고 외쳤다. 숏지래이의 심오한 뜻을 밝히자면 숏(short)과 지렁이가 결합된 합성어이다. 이름에 '지'가 들어가서 지렁이인데 좀 짧다고 해서 숏지렁이→숏지랭이→숏지래이가 되었다. "숏지래이!" 소리를 듣는 순간 긴장은 휘발되고 정겨움과 반가움이 밀려왔다. 6학년 5반 교실의 나무 책상에 앉아 있는 듯했다. 내 별명을 부른 남자는 대발이였다. 대발이 옆으로는 돌삐, 숙주, 마귀할멈, 싱기, 똥길이가 앉아 있었다. 옹고와 소띠, 주발이가 오지 않아 아쉬웠다.

가만히 보면 별명은 대부분 비하 발언이다. 대놓고 업신여기거나 우스꽝스럽다. 그런데 이상하게도 별명을 부른다고 해서 속상하거나 언짢지는 않았다. 별스러워하지 않으니 별명이 하나둘씩 자꾸 붙어서 별명 부자가 되었다. 어려서부터 길거리 간판을 빼놓지 않고 유심히 보는 습관이 있다. 간판에 걸린 가게 이름이 가게의 특징을 기막히게 내포하면서 창의성이 도드라질 때면 희열을 느꼈다. 별명도 마찬가지였다. 유달리 재치 있게 지어진 별명 앞에 탄복했다. 언어를 적재적소에 배열하여 예사롭지 않은 말하기를 하는 사람에게도 비슷한 감정을 느꼈고, 재밌었고, 그러다 보니 금방 가까워졌다.

쌀알이란 별명을 지어준 건 룸메이트였던 정 선생이었다. 그녀도 언어를 맛깔나고 신나게 요리하는 사람 중의 한 명이었다. 우린 유브이(UV)의 〈쿨하지 못해 미안해〉를 들으면서 유세윤은 천재라며 깔깔거리고 웃었다. 어느 날엔가 그녀가 "선생님 꼭 쌀알처럼 생겼어요"라고 말했다. 평소 쌀알과 밥알, 밥이 가진 경이로움에 대해서 진한 여운을 지니고 있던 터라 별명이라기엔 생경한 표현이 마음 깊숙이 들어왔다. 물론 정선생의 발언은 1차원적인 표현에 불과했지만. 쌀알이란 말은 어느새 주변 이들의 폭풍 공감을 얻으며 별명으로 자리 잡게 되었다.

한동안 이름 뒤에 말을 이어 별명을 짓는 것이 유행이었다. 예를 들면 조인성게비빔밥, 박서준비운동 같은 것이다. 중3 아이들은 내게 '권지연구대상'이란 별명을 붙이고는 선생님과 찰떡이라며 만족해했다. 무언가 반박할 수 없는 작명 실력에 내심 감탄했다. 그 정도면 양호한 것이었다. 한 녀석은 '권지연날리기'라고 하여 오존층 너머 멀리멀리 날려갈 뻔했다.

'권지연구대상', '권지연날리기' 말고도 '코파니'(소녀시대 티파니 짝퉁), 기린사슴목쌤, 요플레쌤 등으로 불렸다. 아이들이 내게 지어준 별명도 많았지만, 그동안 내가 학교에서 불렀던 아이들 별명의 역사 또한 만만치는 않을 것이다. 그 유구한 역사를 거슬러 올라가다가는 이 책이 끝나버릴지도 모른다.

열여섯 살 영혼의 단짝인 두 친구의 별명은 '경국이와 지색이'이다. 여학생은 '경국이' 남학생은 '지색이'이다('지색이' 발음 시 유의해야 함). '경국지색'에서 따온 별명으로 '지색이'가 요즘 자꾸 엉뚱한 발언을 해서 '박색'으로 강등당할 위기에 처해 있다. 늘상 붙어 다니는 세 명의 친구들에게는 각자의 이름 한 글자씩을 따서 '후쭈림'이라고 부른다. 소년 ㅈ의 별명은 감귤이었다. 얼굴이 감귤처럼 몰랑몰랑 귀엽게 생긴 소년이었는데 웃을 땐 감귤 캐릭터가 웃고 있는 것처럼 보였다. 눈이 커서 쏟아질 것 같았던 ㅎ은 개구리 왕눈이, 동에 번쩍 서에 번쩍거리며 온 동네 참견을 다하고 다녔던 ㅅ의 별명은 길동이(홍길동), 얼굴이 콩알처럼 작고 귀여운 ㅇ은 쥐콩이, 서글서글한 인상으로 친절을 베풀던 ㅈ의 별명은 마이찬이다.

내가 별명을 부르면 아이들은 빙긋이 웃거나 넵— 하고 씩씩하게 대답한다. 다른 반 친구들의 별명을 궁금해하고, 선생님의 입에서 어떤 별명이 튀어나올지 흥미진진하게 바라본다.

털보, 요미, 똥글, 담쓰, 쫌쫌씨, 표고, 빵뚤, 쌍디, 투투, 뽕사마, 손마니, 애땅, 동맹, 동자씨, 쏘영, 정총무, 그레이스. 모두 아끼고 사랑하는 이들의 별명이다. '그'라는 존재 자체가 좋은데 표현할 길이 없을 때 별명을 짓는다. 사랑스럽다고 느껴지는 순간순간마다 안아줄 수도 없고, 깨물어줄 수도 없어서 별명을 지어 부른다. 맞춤복처럼 꼭 맞으면서 입에 짝 달라붙는 별명을 생각해내면 몹시 뿌듯하다. 성격이 시원시원하거나 개그 코드가 통하는 사람에게는 좀 더 웃긴 별명을 지어준다. 그러면 별명을 떠올리기만 해도 든든하고 행복해진다.

별명은 내가 그를 자세히 보는 방법이다. 아끼는 마음이다. 너의 허물을 있는 그대로 받아들이겠다는 뜻이다. 너는 내 사람이란 뜻이므로 내 앞에서는 마음껏 까불어도 된다는 뜻이다. 너를 웃기고 싶다는 뜻이고, 네가 웃으면 나도 좋다는 뜻이다. 콩을 팥이라고 우겨도 반쯤은 넘어가 줄 수 있다. 내가 그의 별명을 불러주기 전에는 그는 다만 하나의 몸짓에 지나지 않았다. 내가 그의 별명을 불러주었을 때 그는 나에게로 와서 꽃이 되었다.(김춘수)

세월이 흐르고 나이를 먹을수록 별명을 지어줄, 지어도 될 사람들이 줄어든다는 것은 아쉬운 일이다. 창작 욕구가 활활 타오르는 뮤즈를 만나기가 영 만만치 않다. 그렇다고 해도 내 안의 창작에의 의지를 막을 순 없다. 언제고 눈송이처럼 너에게 가고 싶다. 머뭇거리지 말고 서성대지 말고.(문정희) 내 가진 온 정성을 끌어모아 너를 불러보고 싶다. 살갑고 다정하게 때때로 애틋하게 너를 부르고 싶다. 너의 주머니 속 훈훈한 핫팩이고 싶다.

3월이 되면 학부모님 생각

올해 다시금 작고 사랑스러운 학교로 이동하게 되었다. 첫 발령지였던 청송의 학교보다 더 작은 규모의 학교이다. 1월의 어느 날 찾아간 학교 운동장에는 햇빛을 받아 반쯤 녹아내린 눈사람이 서 있었다. 눈이 오면 우르르 운동장에 몰려나가 눈을 굴리는 학교인 것이다.

우리 반은 총 아홉 명이다. 1학년은 세 명이고, 3학년은 두 명이다. 2학년이 아홉 명으로 제일 많은데 내가 2학년 담임으로 당첨되었다. 올해도 열다섯 아이들과의 시간이다. 전교생 열네 명 중에 아홉 명이 우리 반이니 전교생의 3분의 2가 우리 반인 셈이다. 우리 반이 휘청하면 학교 전체가 휘청한다. 학교는 대체로 시끄러울 일이 없는데 2학년이 다 같이 도서관, 영어실, 과학실 등으로 이동 수업을 할 때면, 학교의 3분의 2가 들썩인다. 전교생의 3분의 2를 맡고 있는 담임으로서 어깨가 상당히 무겁다.

3월에는 계획하고 또 계획한다. 학교는 그냥 굴러가는 것이 아니고, 일 년 동안 무난히(?) 굴러가기 위해서는 3월 계획 세우기에 힘을 기울여야 한다. 태생적으로 계획적이지 못한 내가 지금만큼의 계획성을 가진 사람으로 살 수 있는 것은 학교의 일원으로서 버텨내기 위한 생존 본능 덕분일 것이다. 그리하여 3월이면 태생적으로 계획적이지 못한 내가 각종 계획을 세우는 정신없는 나날의 연속이다. 이러한 3월에, 없는 정신을 다잡으며 최선을 다하고자 하는 일들이 몇 가지 있는데 그중 하나가 '학부모님께 편지 보내기'이다.

컴퓨터 앞에서 단정한 자세로 심호흡을 한다. 학부모님들과 첫 대면을 하는 마음으로 꼭 전하고 싶은 말들을 고르고 고른다. 혹여나 오해가 생길 만한 단어는 없는지, 지나치게 정중하거나 가볍지는 않은지, 속의 것을 너무 거침없이 뱉어내진 않았는지, 현학적이거나 권위적으로 느껴지진 않는지, 각자 다른 공간에서 다른 무게로 오늘을 살아내고 있을 부모로서의 삶을 함부로 지탄하거나 공허하게 만들진 않았는지.

그리고 아이들을 향한 진심을 가능한 한 꾹꾹 눌러 담아본다. 아이들과 한 해를 살아낼 마음가짐이라든지, 학급 운영의 철학이나 목표 같은 것들이라든지. 차곡차곡 담는다. 담임 혼자만의 노력으로는 부족하다고, 아이들의 치열하고도 반짝이는 성장의 시간을 함께 보자고, 우리는 같은 편이라고, 그러니 안심하시라고.

어른들의 세계에서도 크고 작은 갈등과 분쟁이 일어나는데, 고작 열다섯, 세상에 태어난 지 고작 열다섯 해를 넘기고 있는 아이들이다. 스무 평 교실에는 타인을 보는 것도, 자신을 마주하는 것도 서툰 아이들이 모여 있다. 대립과 충돌이

일어나는 것은 지극히 당연한 일이다. 당연한 일이지만 부모의 마음은 당연하지가 않다. 막상 내 아이의 갈등 상황을 직면하게 되면, 객관적이고 이성적인 태도를 유지하기가 어렵다. 심장은 제멋대로 쿵쾅거리고 걱정과 염려와 불안이 이성을 마비시킨다. 눈앞이 캄캄하다. 걱정과 염려와 불안은 사람을 지나치게 방어적이거나 공격적으로 만든다.

간혹 잔뜩 웅크리거나, 반대로 잔뜩 날이 선 학부모님을 마주하게 될 때면 당혹스럽다. 동시에 부모이기에 감당해야 하는 불안과 두려움이 전해지기도 한다. 내 일이 아니라 아이의 일이기 때문에 그렇다. 나는 괜찮지만, 아이에게는 안 되는 것이다. 그래서 부모는 전전긍긍하고 동동거린다. 그럴 때 필요한 것이 역시나 신뢰이다. 우리가 같은 편일 거라는 신뢰 말이다.

성장의 과정 속에서 겪게 되는 갈등을 조금 더 지혜롭게 중재할 수 있는 어른들의 역할이 필요하고, 그런 점에서 교사와 부모는 일 년 동안 신뢰를 바탕으로 협력 관계를 유지해야 한다.

그래서 3월 첫날 아이들 책상 위에 두 통의 편지를 올려둔다. 하나는 학부모님께 보내는 편지이고, 하나는 아이들에게 보내는 편지이다. 담임인 내가 먼저 나 자신을 보여주는 것이다. 상대에 대한 무지와 막연함에서 오는 불필요한 긴장을 내려놓을 수 있기를 바라는 마음으로 말이다. 편지 아래에는 답장을 쓸 수 있도록 빈 공간을 마련해둔다. 아이들에 대한 이야기든 뭐든 자녀를 지도하는 데 도움을 줄 수 있는 이야기를 해주십사 부탁드린다.

그러면 다음 날부터 답장이 하나둘 도착한다. 손 글씨로 길게 적어주기도 하시고, 간결하게 마음을 표현하기도 하시고, 답장을 적지 않으시기도 한다. 답장을 보내주지 않으셔도 괜찮다. 답장을 보내지 않는 것 또한 답장을 보내는 것과 같다. 나는 답장을 보내지 못하는 상황, 답장을 보내지 않는 상황에 대해서 생각해본다.

ㅂ의 아버지는 담임이 보낸 학급 운영의 철학과 목표를 열렬히 응원하고 지지한다는 답장을 보내주셨다. 더불어 본인의 교육관에 대해서도 구체적으로 적어주셨다. 든든한 지원군이 생겼다. 몇 해 전 ㅎ의 어머니로부터 온 답장에는 고달픈 집안 사정이 적혀 있었고, 할머니와 살고 있는 ㄱ이 건네준 답장 곳곳에는 손주를 키우는 할머니의 사랑과 염려가 묻어 있었다. ㄴ의 어머니의 답장에는 몸이 약한 ㄴ의 건강에 대해서 구석구석 살뜰히 적혀 있었고, ㄷ과 ㅁ의 어머니는 사춘기 자녀를 둔 부모의 고뇌를 적어주셨다. ㅈ이 전해준 답장의 글씨는 유독 삐뚤빼뚤했다. 베트남에서 오신 ㅈ 어머님의 정성이 가득

담긴 편지였다.

일 년은 짧은 듯 길고, 지금은 시작을 시작하고 있다. 학부모님들께서 보내주신 답장을 읽으며 나 또한 막연함에서 비롯된 긴장을 내려놓는다. 진심을 전하는 관계 맺음으로 시작이 꽤 든든하다. 아직 갈 길이 멀고, 상상조차 못 한 일들의 연속이겠지만, 어쨌거나 갓 지어낸 쌀밥과 뜨끈한 된장찌개로 아침 첫 끼를 든든히 채운 출발이다.

진로 탐색 중입니다 2

그리하여 태생적으로 계획적이지 못한 내가 각종 계획을 세우는 정신없는 3월에, 없는 정신을 다독이며 최선을 다하고자 하는 몇 가지 중 또 다른 하나는 아이들과의 일대일 상담이다.

학교에서 정한 상담 주간 즈음하여 그것보다 조금 더 빨리 상담을 시작한다. 상담이라고 하니 너무 거창하다. 아이들과의 '정식 만남' 정도로 표현하면 어떠려나. 마주 보고 앉거나 나란히 앉아서 본격적으로 눈을 마주쳐보는 것이다. 나도 아이들도 아직은 서로가 어색하고 마주 앉는 것이 쑥스럽고 간지럽다. 그래도 나는 선생님이니까 하나도 어색하지 않은 척을 해본다. 낯선 이와의 대화에 능숙한 어른처럼(실은 그렇지 않지만) 말을 걸어본다. 아무런 사이도 아니었던 우리가 어떠한 사이가 되는 '처음'이랄까. 눈을 마주치고 말을 주고받은 사이. 지나가다가 우연히 마주치면 그냥 지나칠 순 없는 사이. '1 대 다수'가 아니라 '나와 너'로 '오늘부터 1일'처럼.

학교생활, 가정생활, 이런저런 이야기의 끝은 대부분 진로에 대한 것이다. "꿈이 뭐니, 뭐가 되고 싶니?"라고 묻다가 그동안 수없이 들어왔을 질문이겠다는 생각에 슬며시 말을 바꿨다. 어떤 어른이 되고 싶니?

수없이 들었을 질문이지만 이 질문에 명쾌하고 시원하게 답하는 아이들은 거의 없다. 아이들의 입술은 달싹거리고 머뭇거린다. 허공을 응시하는 눈동자는 지나온 과거를 훑거나 달려갈 미래를 더듬는다. 나는 가만히 열다섯 아이들의 눈동자를 들여다본다.

"음… 잘… 모르겠어요."

"일단 좋은 대학에 가는 거요."

"없어요. 아직…."

"돈을 많이 벌고 싶어요."

아홉 중 셋은 나름 패기 넘치는 대답을 하였고, 여섯은 머뭇거린다. 스물 중 열은 뭐라도 이야기를 하고, 나머지 열은 머뭇거렸다.

많은 어른들은 아이들의 망설임이 의아하다. 하고 싶은 것, 되고 싶은 것을 말하는데 뭘 망설이냐고 생각할 수도 있다. 내가 열다섯 소녀였을 적에도 그리 어려운 일은 아니었다. "뭐가 되고 싶니?"라는 물음에 주저함 없이 답했다. 국어 선생님 말고도, 아나운서나 디자이너, 방송국 PD나 작가같이 멋져 보이는 이름들을 말했다. 염치없었으나 부끄럽지 않았다. 생각해보면 꿈의 범위도 지금보다 훨씬 넓었다. 열일곱 때 사회 선생님께서 꿈을 물었을 때 나는 "저 푸른 초원 위에 그림 같은 집을 짓고 사랑하는 우리 님과 한 백 년 사는 것"이라고 답했다. 가당치 않았으나 당당했다. 무서움 담당이었던 사회 선생님은 얼굴이 붉어지도록 웃으셨다. 사회 선생님만큼 나이가 들어 이 글을 쓰고 있는 내 얼굴 역시 부끄러움에 뜨겁도록 붉어진다.

그때보다 더 많은 직업이 생겨났고 생겨나고 있지만, 정작 아이들의 꿈 목록은 더욱 한정적이다. 진로 희망서에 적힌 직업들은 뻔하다. 아이들 얼굴만 봐도 어떤 직업을 적어놓았을지 예상이 가능하달까.

그 시절 '꿈'이라는 단어는 말 그대로 꿈같았고, 자유였고, 무한이었다. 하지만 지금의 열다섯들이 느끼는 '꿈'이나 '진로' 같은 단어의 무게감은 그때와는 다르다. 열다섯들에게 '꿈'은 겁 없이 꿈을 이야기하던 나와 어른들 세대의 것보다 한참은 더 무겁다.

어른들은 아이들을 돕고 싶다. 그래서 해마다 각종 진로 체험과 진로 적성 검사를 하게 하고, 유망 직종에 대한 정보를 제공한다. 조금이라도 더 빨리 자신의 적성을 찾아서 진로를 정하고, 관련 학과 중에서 가장 좋은 대학교를 목표 삼아 달리는 거다. 흔들리거나 지체하지 않아도 되는 최단 거리이다. 길을 잘못 들거나 돌아가지 않아도 되는 최적의 경로를 알려준다. 헤매지 않기를 바라는 마음이고, 현실적인 조력이다.

그런데 아이들은 애당초 현실적일 수 있는 존재들일까. 간혹 객관적인 시각과 냉철한 판단력으로 구체적인 미래를 계획하는 아이들도 있기는 하지만(존경스럽다) 대부분은 어떨까. 당장의 오늘도 익숙하지 않고 내일은 더욱이 벅차다. 다 커서 마흔이 넘은 내게도 다가올 쉰은 미지의 세계이다.

진중하고 심각하게 진로에 대해 고민하는 아이들은 어느새 '분수에 맞는 꿈'을 찾고 있었다. 적성을 찾는 것이 자신의 '분수'를 깨닫는 일이었던가. 꿈꾸는 일 앞에서 지나치게 신중하고 겸손한 열다섯 아이들의 눈동자와 입술이 못내 씁쓸하고 슬프다.

아름답고 듣기 좋은 말로 에둘러 말하고 있지만, 묵직하고 견고한 메시지가 아이들의 등을 떠민다. '얼른 정해.'

'일단 달려'라고 할 땐 언제이고, '얼른 정하기'까지 해야 하다니. 있다가 먹을 점심 메뉴 고르기도 만만치 않은 삶이다.

세상에 만만치 않은 일들 중에 '진로 정하기'만 한 것이 또 있을까. '얼른 고르고 달려'는 열넷, 열다섯, 열여섯 아이들에게는 참으로 벅찬 과제이다. 그러니 그것은 자연스럽게 어른들의 몫으로 돌아간다. 부모님이 원하는 직업은 내가 원하는 직업이 되고, 자연스레 부모도 바빠진다. 탄탄한 경제력과 빛나는 정보력을 갖추기 위하여.

꿈 앞에서 주춤거리는 아이들을 향해 '꿈도 없는 요즘 청소년' 운운한다면, '요즘 청소년들'과 매일 하루 한 끼는 같은 메뉴를 공유하는 사람으로서 울컥한다. 이런 사회를 만들어 놓은 건 의도적이지 않았더라도 어른들이다. 눈코 뜰 새가 있어야 꿈도 꿀 수 있다. '꿈을 가지라'는 잔소리는 생각만 해도 억지스럽고 지긋지긋하지 않나.

그럼에도 올해 우리 반 학급 운영의 핵심 키워드는 '꿈, 배움, 따뜻한 마음'이다. '꿈'으로 잔소리하지 말라더니 앞뒤가 다른 사람이냐고 따져 물을 것 같아 웃음이 난다. 그럼에도 나는 아이들이 꿈꾸기를 바란다. 은근하고 꾸준하게 무언가를 꿈꾸기를 바란다. 최단, 최적의 경로를 위한 플랜이 아니다. 나를 사랑하고, 타인을 이해하고, 애석하고 애틋하게 세계를 바라보는 마음이 몽글몽글 꿈으로 뭉쳐지길 바란다. 바람에 실려온 솔 향기에 이끌려 숲길을 거닐기도 하고, 연두가 초록으로 짙어져가는 순간을 마주치기도 하고, 그러다가 바스락거리는 나뭇잎 소리에 귀 기울이기도 하면서 몽글몽글 자라길 바란다.

결국 인생을 살아간다는 게 나의 자리를 찾아가는 과정이라면, 그 자리가 길 위일 수도 있고, 빌딩 숲 어딘가일 수도 있고, 드넓은 평야나 바다 위일 수도 있을 테다. 그리고 '나의 자리'라는 건 살아가는 동안 움직이기도 하고, 바뀌기도 한다. 인생의 한 지점은 이미 완벽한 나의 자리이기도 하지만, 그 지점들이 모여서 또 다른 자리를 만들어간다. 우리들의 열다섯도 이미 완벽한 나의 자리이면서 기나긴 삶의 한 지점을 차지하고 있기도 하다.

소녀 소년들의 열다섯이라는 지점을 공유하는 나와 어른들은 따뜻한 시선으로 바라봐주고 기다려주는 것이다. 어른들의 현실적인 조력이란, 조력의 자리를 벗어나지 않는 범위에서, 아이들의 이야기를 들어주고, 세상을 들여다볼 수 있게 하는 것이다. 그러기에 나는 우리가 함께하는 스무 평의 교실이 안전한 공간이 될 수 있도록 조력하려고 한다. 몸과 마음이 안전하게 느껴지는 공간이 될 수 있도록 할 수 있는 만큼

해보려고 한다.

　우리들의 열다섯은 마음속에 단단하고 튼튼한 뿌리를 내리는 시간이 되길 바란다. 세상을 살아갈 힘을 기르는 시간이 되길 바란다. 정직하게 생각하고 배우면서 누군가가 내 꿈을 재촉하더라도 여유를 잃지 않고, 자신을 똑바로 바라볼 수 있기를 바란다. 내가 원하는 세상, 원하는 어른의 모습이 자꾸만 그려져서 누가 말려도 말려지지 않았으면 좋겠다. '저 푸른 초원 위에 그림 같은 집을 짓는' 엉성한 꿈이더라도 자라났으면 좋겠다. 스무 평 교실 여기저기서 못 말리게 몽글몽글 자라났으면 좋겠다.

자존심을 건드리면

앞에서 소개한 중3 전교생 두 명 경국지색, 경국이와 지색이는 미취학 아동일 때부터 친구였다. 열여섯이 될 때까지 십 년 넘는 시간 동안 좋든 싫든 같은 반 친구일 수밖에 없었다. 소녀 경국이는 의젓하고 쿨하다면, 소년 지색이는 섬세하고 새침하다. 소년 지색이는 주로 엉뚱한 이야기를 많이 하는데 본인은 진지한데 우리는 웃다. 학기 초에 자기소개를 하면서 본인은 '담소'에 열정을 느낀다고 말했다. '담소'라는 단어가 열여섯 소년의 자기소개에 나왔다는 것이 신선했고, '담소'에 열정씩이나 느끼고 있다는 말에 빵 터져버렸다. 참으로 참신한 녀석이라고 생각했다.

소녀 경국이는 지색이의 참신한 표현들을 별로 참신하게 생각하지 않는 것 같다. 지색이는 종종 의젓하게 앉아 있는 경국이를 도발하는 발언을 한다. 학생회장인 지색이가(전교생 두 명 중 한 명은 학생회장이고, 한 명은 반장이다) 학교 대표로 2박 3일 캠프에 다녀왔을 때였다. 학급의 50퍼센트가 빠졌기에 진도를 나가기가 뭣해서 같이 읽기로 했었던 《구덩이》라는 소설을 읽었다. 지색이가 돌아왔을 때 경국이는 《구덩이》를 다 읽고 《긴긴밤》을 읽고 있었다. 자기가 없을 때 《구덩이》를 다 읽어 버린 경국이에게 지색이는 "앙큼한 것, 앙큼한 짓을 했네"라고 말했다. 이런 도발이 있을 때마다 경국이는 "헐, 어쩌라고, 아니, 됐거든, 참나, 뭐니"와 같은 말로 침착하고 절도 있게 되받아친다. 전혀 동요하지 않는다. 나는 그 둘의 모습을 조용히 지켜볼 수가 없다. 너무 웃기기 때문이다.

어느 날 방과 후 수업 시간에 어휘에 관한 문제를 풀고 있었다. 평소보다 문제가 어려웠는지 둘 다 고심 끝에 답을 적었다. 지색이가 3번 문제의 답이 4번이라고 했을 때, 나는 "땡"이라고 답했다. 잠시 주춤하던 지색이는 나와 경국이를 번갈아 보더니 "흥, 자존심 상해"라고 말했다. 경국이는 "헐"이라 말했고, 나는 "풉—"이라 했는데, 차마 '푸하하'라고 할 수는 없었다. 소년의 표정이 진지했다. 지색이가 문제를 풀 때마다 자존심을 지키느라 애쓰고 있었다는 사실을 그때 처음으로 알았다.

그 일 이후, 지색이를 볼 때마다 '자존심'이라는 단어가 떠올랐다. 경국이와 지색이는 어렸을 때부터 허물없이 지낸 사이니까 자존심 같은 것은 신경 쓰지 않을 줄 알았는데 착각이었다. 학급에 아이들이 많았을 때는 아이들의 '자존심'을 지켜주려고 나름 신경을 썼었다. 그런데 내 눈 앞에 두 명의 학생만 보이니까 긴장의 끈이 느슨해져버린 것이다.

교실은 느슨한 것 같지만 팽팽하다. 웃고, 떠들고, 농담을 하고, 장난을 치고 있는 느슨한 시간 속에서도 묘한 자존심들이 팽팽하게 자리 잡고 있다. 그것은 어느 순간 불쑥 튀어나오는데, 대부분의 소녀 소년은 서로의 버튼을 알고 있다. 어떤 때 친구의 자존심 버튼이 눌리는지 경험과 탐색을 통해, 때로는 직감만으로 알게 된다. 소녀 소년들에게 자존심은 반드시 지켜내야 할 것이기에, 일단 버튼이 눌리면 사고 회로가 일시 정지된다. 인간이 인간다움을 유지할 수 있게 하는 전두엽은 이럴 때 꼭 못 본 척을 한다는 것이 딱하다.

버튼이 눌린 것에 대한 소극적 반응은 정색 또는 외면, 소심한 복수 따위를 계획하는 것이고, 적극적 반응은 괴성을 지르거나 무시무시한 욕을 남발하고, 때론 주먹을 날리는 것이다. 너 지금 내 버튼 눌렀거든? 나 지금 무진장 자존심 상한단 말이거든.

새 학기가 시작되고 새로운 반에서 새로운 소녀 소년들을 만나게 되면 나도 버튼 찾기를 한다. 버튼을 찾는 데는 시간이 필요하다. 자존심 버튼은 보편성과 특수성을 두루 갖추고 있기 때문이다. 외모, 성적, 부모님 이야기와 같은 보편적 버튼은 의식적으로 누르지 않을 수 있다. 그러나 특수성을 지닌 버튼은 때때로 우리를 난감하게 만든다. 버튼의 주인조차도 말이다.

소녀 ㅎ은 자신이 먼저 인사했는데 친구가 무시하고 지나가면 자존심이 상한다고 했다. 상대가 내 인사를 못 듣고 지나간 거라고 하더라도 이미 버튼은 눌린 것이다. 소년 ㅂ은 마음에 드는 소녀에게 고백했다가 차였는데, 소녀가 자기보다 더 별로인 애를 만난다면 자존심이 상할 거라고 했다. 또 그 별로인 것 같았던 친구가 나보다 인스타 팔로우 수도 많다면 자존심이 허락지 않을 거라고 했다. 소년 ㄹ은 배드민턴이나 축구, 야구 같은 운동 경기에서 졌을 때 자존심이 상한다. 소녀 ㅅ은 그동안 잘해오던 것을 갑자기 못할 때 자존심이 상하고, 소년 ㅇ은 나이 많은 사람이 어리다고 강압적으로 대할 때, 잘못되었고 불공평한 것을 알겠는데 따질 힘이 없을 때 자존심이 상한다. 소년 ㄷ은 '아버지'라는 단어만 나와도 버튼이 눌렸다. 소년 ㄷ의 아버님은 가끔 술에 취한 상태로 학교에 찾아오곤 하셨다. 소년에게 '아버지'는 떠올리고 싶지 않은 단어였다. 어느 날인가 그 버튼이 눌렸을 때, 소년은 교실 뒷문을 발로 찼고, 얼마 후 전학을 갔다.

소년 ㅊ은 계절이 바뀌어도 늘 같은 옷을 입고 학교에 왔다. ㅊ에게 주려고 티셔츠 몇 벌을 챙겨온 지 며칠이 지났다. 혹여 열다섯 소년의 자존심을 건드리는 일이 될까 봐 며칠을 고민했다. 옷이 들어 있는 종이가방을 보며 이 말, 저 말을 궁리하면서 최대한 자연스러운 상황을 기다렸다. 소년 ㅊ이 교무실 복도를 지나갈 때 우연히 마주친 것처럼, 옷 치수가 어떻게 되니, 선생님한테 티셔츠 몇 벌이 있는데, 치수 맞는 사람을 찾고 있는데, 계속 차에 싣고 다니고 있는데, 아직 맞는 친구를 찾지 못했는데, ㅊ한테는 맞을 것 같은데, 어디 한번 대보자, 라고 말했다. '오다 주웠다'의 느낌으로 말이다.

ㅊ은 거울 앞에서 요리조리 옷을 대보더니 치수가 맞는 것 같다며 종이가방을 들고 나갔다.

소년 지색이가 문제를 풀 때마다 자존심을 지키기 위해 애쓰듯, 소녀 경국이가 늘 꼿꼿한 자세로 의젓하게 앉아 있는 것 또한 지키고 싶은 무언가를 위해 애쓰는 중일지도 모르겠다. 경국이와 지색이를 보며 너희들은 세상 그 무엇보다 소중하고 가치 있는 열여섯이라고 말했다. 자존심을 지키고자 애쓰는 마음은 존중하지만, 그보다 먼저 스스로를 존중해줄 수 있었으면 좋겠다고 말했다. 타인의 시선에 휘둘리는 자존심보다는 스스로 세워줄 수 있는 자존감이 내 인생을 좀 더 눈부시게 해줄 것이라고 말했다. 경국지색傾國之色, 경국이와 지색이는 나라가 기울어져도 모를 정도로 아름답다고.

그럼에도 앞으로 지색이의 자존심은 최대한 지켜주려고 한다. 문제를 틀리더라도 자존심은 지켜줘야겠다. '땡'이라고 하지 않고, '잠시만요'나 '다시 한번 고민해보시겠습니까?' 아니면 정답을 귓속말로 말해주어야 할까. 열여섯 소년의 최소한의 자존심을 최선을 다해 지켜주고 싶다.

혈액형이든 MBTI이든

몇 해 전까지만 해도 혈액형이 무어냐 물어보던 소녀 소년들이었다. O형이라고 답하면, "오~ 역시 그럴 줄 알았어요"라며 자신의 통찰력에 흐뭇해하던 소녀 소년들이었다. 그러던 것이 언제부터인가 새로운 형태의 질문으로 바뀌었다. "쌤, I 예요, E예요? F예요, T예요?"

1학년 수업에 들어가면 귀엽고 사랑스럽다는 말이 절로 나온다. 열네 살의 소년 한 명, 소녀 두 명이 두 눈을 말똥말똥 뜨고 앉아 있다. 저들의 귀여움에 나는 끄떡도 하지 않을 것이라고 다짐한다. 마을에 열네 살은 이렇게 세 명이 전부이다. "너희들은 방과 후나 주말에도 자주 만나겠네?"라고 물었더니, "아니요―"라고 답한다. 생각보다 친하진 않은가. 의외의 대답이었다. 왜 만나서 놀지 않느냐고 묻자, 소년 후와 소녀 림이 말했다. "쭈가 안 놀아줘요―."

1학년 후쭈림 중 소년 후와 소녀 림은 E이고, 소녀 쭈는 I이다. MBTI 성격유형 분류 기준에 의하면 E는 외향형이고, I는 내향형이다. E인 후와 림은 사교적이고 열정적이다. 감정이 얼굴에 그대로 드러난다. 깔깔거리고 웃거나, 심드렁하거나, 어떤 날은 수심이 가득하다. I인 쭈는 신중하고, 조용하며 주로 평온한 얼굴로 상황을 분석한다. 극강의 외향형인 소녀 림은 매일 노래를 부르고 간혹 춤을 춘다. 후와 쭈는 림에게 자주 "진정해ㅡ"라고 말한다. 홀로 I인 소녀 쭈는 혼자 있는 시간을 좋아한다. 하루 중 거의 대부분의 시간을 세 명이서 함께하기 때문에 주말에는 혼자서 책을 읽거나 그림을 그리고 싶어 한다. 그래서 후와 림은 쭈가 안 놀아준다고 말한다.

"그럼 너희 둘이서 놀면 되잖아?"라고 말했더니 급히 고개를 내젓는다. 절대 안 된다며, 데이트하는 것처럼 보일 거라며, 있을 수 없는 일이라며.

그래도 어쩌다 한 번은 놀아주면 안 되겠냐고 쭈에게 말했더니, 신중한 쭈가 바로 대답을 하지 않고 몇 초 뒤에 고개를 끄덕인다. 아마 앞으로도 후쭈림의 사적인 만남은 없을 듯싶고, 한동안은 학교에서만 만나는 사이 이상은 어려울 것 같다.

2학년 아홉 명 중의 세 명은 F이고, 여섯 명은 T이다. F는 감정형이고, T는 사고형이다. 우리 반 유일한 소녀와 소년 두 명이 F이고, 나머지는 T이다. 다수의 T 소년들은 초등학교 육 년 내내 남자 담임선생님과 함께였고, 주로 족구 같은 것을 하며 지냈다고 했다. 초등학교 때 같은 반에 여학생이 없었던지라 좋아하는 여학생이나 첫사랑 같은 것도 생각해본 적이 없었다고 했다.

교실에서 뉴진스의 〈하입보이〉를 틀 일이 있었는데, 뮤직비디오를 보여주려고 하자 소년들이 급히 손사래를 쳤다. 왜 그러냐고 물으니 노래만 들려달라고, 뮤직비디오는 안 보겠다고 했다. 이건 또 무슨 상황일까 이해가 안 되어 머릿속이 복잡해졌다. 지금까지 만나왔던 중학생들은 노래만 들려준다고 하면 제발 뮤직비디오를 틀어달라 졸라댔다. 급히 손사래를 치며 고개를 젓는 소년들을 보며 나는 입이 떡 벌어졌고, 그날 진짜 시퍼런 바탕화면을 보며 〈하입보이〉를 들었다.

이토록 무해한 소년들이라니. 무해함이 T와 만나 순백의 시너지를 내고 있다. 이같이 무해한 아이들을 대하기에 나는 너무 속되고 까졌다.

참고로 나는 F 유형이다. 무언가를 이야기하고서 나도 모르게 F의 소녀와 소년들을 쳐다본다. 공감받고 싶은 인간의 본능 때문이다. 그럴 때마다 F의 소녀와 소년은 고개를 끄덕이거나 웃으며 공감의 표시를 해준다. 얼마나 든든한지 모른다. 순백의 T 소년들은 이 초가량이 지난 후 고개를 끄덕이거나 웃는다. 앞의 글에서 이런 순간을 버퍼링이 걸렸다고 표현했다.

내가 고등학생일 때 중학생이었던 남동생이 친구에게 생일 선물로 건전지를 주는 것을 보고 충격을 받았다. 어떻게 하면 생일선물로 건전지를 줄 수 있을까. 선물이란 것은 본디 실용성과는 상관없는 것이 아니었던가. 동생이 외계인처럼 느껴졌었다.

소녀와 소년들은 서로가 서로에게 외계인이다. 또 나는 아이들에게, 아이들은 나에게 외계인이다. MBTI가 얼마나 신뢰할 만한 것인지는 모르겠다. 다만 너무나 다른 존재들이 스무 평 교실 안에서 서로 복닥거리고 있다는 것은 알겠다. 우리 반 유일한 소녀가 까르르 웃으면, 소년들은 어리둥절하다. 왜 웃는 거냐며 나를 쳐다보는데, 나는 왜 웃는지 알 것 같다. 소년들은 소녀가 밥을 많이 먹은 날이면 저렇게 웃는다고 말했다. 그래서 소녀가 까르르 웃을 때마다 너 밥 많이 먹었냐며 묻는다. 설마 밥을 많이 먹는다고 저리 웃겠냐, 고 말하려다가 응 그런가 보다, 라고 답했다.

우리 반 소년들은 소녀가 웃는 이유에 대해서 영원히 모를 지도 모른다. 그리고 소녀는 소년들이 체감온도 35℃의 폭염에도 운동장에서 축구를 하고 있는 이유를 알지 못한다. 후와 쭈는 림이 왜 매일 복도나 교실에서 노래를 부르고 있는지 의문이고, 후와 림은 쭈가 주말마다 집에만 콕 박혀 있는 것이 이해 불가다. 외계인 같은 네가 때론 답답하고, 때론 화가 나고, 때론 지겹지만, 그래도 있었으면 좋겠다. 오늘 한 친구가 전학을 갔다. 이제 우리 반은 아홉 명이 아니고 여덟 명이 된다. 하나둘 떠나가지 않았으면 좋겠다. 외계인 같은 너이지만 같이 있었으면 좋겠다. '친구'라는 이름으로 곁에 있어줬으면 좋겠다.

정지된 페이스북

페이스북이 멈춘 지 구 년이 지났다. 생일날 지인이나 제자들이 생일 축하 메시지를 남기거나, 누군가에게 소환된 경우를 제외하고, 스스로 소식을 남긴 지 구 년의 세월이 흘렀다.

마지막 글은 2014년 4월 16일이었다.

중3 아이들과 소풍을 갔다가 돌아오는 버스 안에서 남긴 글이었다. 마지막이 될 줄은 꿈에도 모르고 올린 글이다.

> 오늘 우린 소풍을 다녀왔고,
> 2학년은 수학여행을 떠났다.
> 지금 배 안의 학생들과 마음 졸이며 기다리시는 부모님들을 생각하니 가슴이 찢어진다.

소풍날 아침, 학교 운동장에서 집결 후 버스가 출발한 지 얼마 되지 않았을 때였다. 한 아이가 놀란 얼굴로 내게 휴대폰을 내밀었다. 기사에서 수학여행을 떠난 학생들이 탄 배가 침

몰하고 있다고 했다. 실제 상황인지 의심스러웠다. 배가 얼마큼 크고, 얼마나 많은 학생들이 타고 있는지 몰랐다. 반 아이들을 진정시켰다. 기사가 났다면 사람들이 위급한 상황인 걸 알고 있을 거라고, 곧 모두 안전하게 구조될 거라고, 안심하라고 말했다.

정말 그렇게 생각했다. 소풍 장소에 도착해서 분주한 일정을 보냈다. 아이들은 들뜨고 흥겨웠으며, 먹고, 이야기하고 사진도 찍었다. 그리고 돌아오는 버스 안에서 휴대폰으로 기사를 검색했다. 너무나 당연히 모든 상황이 종료되어 있을 거라고 생각했다.

돌아오는 버스 안이 술렁인다. 기사를 접한 아이들은 믿지 못하겠다는 듯 계속해서 내게 질문을 한다. 뭐가 어떻게 되고 있는 건지 알 길이 없었다. 오늘 수학여행을 떠난 우리 학교 2학년 아이들이 생각났다. 소름이 끼쳤다. 계속해서 기사를 찾다가, 기사 속 사진을 보다가, 기도를 한 것 같기도 하고, 멍하니 있었던 것 같기도 하다.

그 후 페북에 소식을 전할 수가 없었다. 한동안은 내가 사는 세상이 의심스러웠다. 나는 현실을 살고 있는 걸까. 눈으로 보고 있으면서도 아무것도 할 수 없는 우리 모두가 한심해서 참을 수가 없었다. 그런데 참을 수밖에 없고, 계속해서 교단에 서서 가르쳤다. 그러고 밥을 먹고, 차도 마시고, 시답잖은 농담을 하고, 그랬다.

아이들과 소풍을 다녀온 그날이 어떤 이들의 마지막 소풍이었단 사실이 자꾸만 생각났다. 처음엔 지독하게 터무니없는 현실 때문에 울분이 올라왔다가 무기력했다가를 반복했다. 어떤 소식이나 글도 적을 수 없었다. 시간이 지나면서 그럼에도 밥도 먹고 차도 마시는 위선이 꼴사나웠다. 나 잘 살고 있는 꼴을 SNS에 올리는 게 미안했다. 바다는 아직 차고, 눈물은 아직 마르지 않았는데, 일상이 돌아가고 있다. 그냥 다 멈췄으면 좋겠다고 생각했다. 잊지 않고 있다고 말해주고 싶었다. 내가 할 수 있는 열없고 꾸준한 추모였다.

왜 그때의 시간에서 벗어나지 못하느냐 말하지 않으면 좋겠다. 배 안의 사람들은 우리와 같은 평범한 일상의 사람들이었다. 신화나 전설이 아니다. 평범한 학생, 선생님, 이웃이었다. 황현산 선생님은 "과거도 착취당한다"고 했다. 평범한 이들은 슬픔도 착취당한다. 그러니 기억하는 것은 우리의 일이다.

오전 여덟 시 사십 분의 소년

토요일 오후, 전화가 왔다. 뜻밖의 발신자였다.

"쌤, ㅂ중학교 왜 갔어여. 담이는 뭐해여."

높낮이 없는 일정한 톤과 특유의 말투, 소년 ㅁ이다. 본 적 없는 내 딸의 안부를 항상 묻는다. ㅁ은 작년까지 근무했던 중학교의 학생이고, 1, 2학년 이 년 동안 담임으로 만났던 특수학급 학생이다. ㅁ 특유의 목소리를 듣는 순간 코끝이 찡했다. 학교를 이동한 지 반년이 지났다. 사실 ㅁ이 연락을 할 줄은 몰랐다.

ㅁ은 학급에서의 시간보다 특수학급에서 보냈던 시간이 더 많았고, 내가 담임이기는 했지만, 실질적인 지도는 특수학급 선생님께서 맡아 하셨다. 물론 우리 반에 특수학급 학생이 있으면 신경 써야 할 것들이 있다. 다른 친구들과의 원만한 소통과 관계 유지, 학급에서의 적절한 역할 부여, 조금 다른 친구와 일 년을 살아가기 위해 함께 노력해야 할 것들 배워가기 같은 것들이다.

그런데 ㅁ은 학급의 무거운 책임감이라기보다는 만나면 즐겁고 기분 좋아지는 존재였다. 이상하게도 복도에서 ㅁ과 만나 이야기를 하면, 특유의 목소리와 말투를 들으면, 마음에 살랑 ~ 산들바람이 부는 것 같았다. 유쾌하고 사랑스러운 ㅁ 덕분에 오히려 힘을 얻었다.

"선생님, 어제저녁에 뭐 먹었어여?"

"김밥 먹었어."

"김밥 맛있어여?"

"응, 당연하지. 너는 뭐 먹었어?"

"밥이여."

대화라고 해봐야 전날의 식사 메뉴를 묻거나,

"담이 어딨어여?"

"유치원 갔지."

"유치원 갔어여?"

"응. 유치원 갔어."

"담이 몇 살이에여?"

"다섯 살."

우리 아이의 이름을 알고부터는 한 번도 만난 적이 없는 딸아이 안부를 물었다. 매일 물었다. 매일 같은 질문, 같은 내용의 대화였지만 귀찮거나 싫지 않았다. ㅁ을 만나게 되면 그의 말에 온전히 집중하게 되는 게 신기했다. 학생 생활 지도와 업무 부담으로 머릿속이 복잡할 때, ㅁ과 마주치면 분주하게 돌아가던 머릿속 회로가 일시 정지된다. ㅁ은 상대방을 무장해제시키는 능력을 가지고 있다.

철도 기관사가 꿈인 소년 ㅁ은 세상에서 기차를 가장 좋아한다. 주말마다 기차역에 가서 기차 구경을 하거나, 가까운 역까지 기차를 타고 다녀온다. 그래서 ㅁ은 하루에도 몇 번씩 기차가 지나가는 우리 학교를 좋아한다. 운동장 느티나무 사이로 기차가 지나갈 때면, 수업 중에도 기차 소리에 귀를 기울인다. 넋 놓고 기차를 바라보고 있다. 그 누구도 나무라지 않았다. 소년의 눈은 꿈을 꾸고 있었다.

ㅁ은 우리 반 우유 당번이었다. 오전 여덟 시 사십 분이 되면 무슨 일이 있어도 교실 뒷문을 열고 나갔다. 비바람이 몰아쳐도, 폭설이 내려도, 반에서 아무리 흥미로운 사건이 벌어지고 있어도 여덟 시 사십 분이 되면 칼같이 우유를 가지러 갔다. 매일 오후 세 시 삼십 분이면 산책을 나갔던 임마누엘 칸트처럼, ㅁ이 드르륵 뒷문을 열고 나가면 '여덟 시 사십 분이군' 했다. 교직 인생에서 이토록 성실하게 우유를 가져다준 우

유 당번은 처음이었다.

학기 초 특수학급 선생님께서 ㅁ에게 우유 당번을 시켜보는 게 어떻겠냐고 추천해주셨을 때 의아했다. 우유는 학생들이 기호에 따라 대금을 지불하고 먹는 것이라서 당번은 상당한 책임감이 필요하다. 그리고 교내 봉사활동으로 인정되어 봉사 시간이 부여되기 때문에 학생들 사이에서 나름 선호하는 역할이다. ㅁ이 잘해낼 수 있을지 의문이 들었지만, 일단은 의향을 물어보았다. 소년은 결의에 찬 표정으로 힘차게 고개를 끄덕였다. 그 후 우유 당번 이 년 연임의 역사를 만들고, 우유 당번계의 표상이 되었다.

우리 반에는 작은 크리스마스트리가 있었다. 그 전해에 쓰던 것이었다. 학기 초이고 봄이었다. 버릴까 싶었는데 ㅁ이 틈만 나면 트리 옆을 서성이는 것이다. 반 아이들이 "선생님, ㅁ이 크리스마스트리 엄청 좋아해요"라고 말했고 우리는 일 년 동안 트리를 그대로 두기로 했다. 교무실에는 12월에 전구 달린 트리를 놓아두었는데, 종종 전구가 반짝였다. ㅁ이었다. 선생님들은 트리가 반짝반짝 불빛을 내고 있으면 ㅁ이 왔다 갔구나 생각했다.

교무실 동료 선생님들이 "권 선생, 밖을 좀 봐요" 하면 어김

없이 ㅁ이 서 있었다. ㅁ을 미워하는 사람은 없었다. ㅁ은 어쩜 저렇게 잘 컸을까 늘 궁금했다.

학부모 상담이 있는 날이었다. 학부모 교육을 마치고 학부모님들과 교실에서 둥글게 모여 앉았다. 그 자리에 ㅁ의 어머님께서도 앉아 계셨다. ㅁ의 어머님은 ㅁ과 등하교를 함께하셨다. 가끔 같은 반 친구들에게 과자를 쥐여주시기도 하셨다.

학부모님들께 하시고 싶은 말씀이 있는지 여쭙자 ㅁ의 어머님께서 일어나셨다. 저희 애 때문에 늘 미안하고 고맙다며 다른 학부모님들께 두 번, 세 번 고개 숙여 인사를 하셨다. "어머님, ㅁ이 얼마나 착하고 성실하게 학교생활을 하고 있는데요. 미안하실 일 하나도 없습니다." 말씀을 드렸지만 계속해서 고맙고 미안하다고 말씀하셨고, 그다음 해에도 똑같이 고개 숙여 인사를 하셨다. ㅁ은 우리에게 피해를 주지 않았다. 우리는 서로 함께 살아가는 법을 배우고 있다. ㅁ에게 좋은 엄마가 있어서 참 다행이구나, 안심이 되었다.

그런 ㅁ에게서 반년 만에 전화가 온 것이다.
"선생님, 보고 싶었어여."
"선생님도 ㅁ이 궁금하고 많이 보고 싶었어."

소년 ㅁ은 지금도 특유의 유쾌함으로 산들바람 살랑~ 불게 하겠지. 지금도 여덟 시 사십 분이 되면 스르륵 교실 뒷문을 열고 나가거나, 기차가 지나가는 소리에 귀 기울이고 있을 것이다. ㅁ이 앞으로도 즐겁게 살아갈 수 있는 세상이 되었으면 좋겠다. 어머님의 마음이 좀 더 편해지셨으면 좋겠고, ㅁ이 꼭 멋진 철도 기관사가 되었으면 좋겠다. 세상에서 제일 좋아하는 기차를 타고 매일 차창 밖 세상을 구경했으면 좋겠다. 성실하고 야무지게 스스로의 인생을 살아갔으면 좋겠다.

나비야, 그 날개 팔랑이지 말아주렴
—《불편한 편의점》

이것 참, 일이 또 커졌다. 분명 가벼운 마음으로 시작한 일이었는데, 아니다. '일'이랄 것도 없는 사소한 행위쯤으로 시작된 것이 이상하게 꾸역꾸역 커진다. 사소한 날갯짓이 자꾸만 이상한 효과를 일으켜 덩어리가 커지며 불어나는 것이다.

예전부터 그래온 습성이기도 하다. 어릴 때 학교에서 만들기나 그리기 같은 활동을 할 때면 정해진 시간 안에 끝내는 일이 거의 없었다. 말하자면 나는, 선생님께서 "자— 시간 다 되었습니다. 제출하세요—"라고 말씀하실 때까지, 마지막까지 붙들고 있는 어린이였다. 어쩌다가 시작된 방대함과 꼼꼼함을 끝까지 유지하여 마무리하기에는 늘 시간이 부족했다. 분명히 시작은 '대충 해—'인데, 대충 끝낼 수 없는 덩어리가 되어 있는 것이다.

이번 학기에는 전교생 열네 명과 함께 김호연 작가의 《불편한 편의점》을 읽었다. 단체 체험학습을 가는 버스 안에서 한 소년이 《불편한 편의점》 이야기를 꺼냈다. 열다섯 인생 처음으로 책 한 권을 제대로 완독해본 것 같다며 뿌듯해하자, 다른 소년들도 자연스럽게 이야기를 거들기 시작했다.

"독고 씨가 편의점에서 폐기 도시락만 먹겠다고 할 때 마음이 좀 그랬어."

"나도 그 장면에서 울컥했는데."

"독고 씨가 두들겨 맞으면서도 염 여사의 지갑을 지킬 때도."

"나는 마지막 장면 '강' 이야기 완전 기억에 남는데. 강은 빠지는 곳이 아니라 건너가는 곳임을. 다리는 건너는 곳이지 뛰어내리는 곳이 아님을."

아, 실로 오랜만에 들어보는 아름다운 대화였다. 단체 버스 안에서 휴대폰 게임을 하지 않고 책 이야기를 하다니. 이 경이롭고 아름다운 흐름을 방해하지 않기 위해 소년들의 이야기에 귀 기울이며 맞아, 선생님도 그랬어, 와 같은 추임새를 넣기도 하며 대화가 무르익어갈 때쯤, 소년 ㅈ이 "참참참!"이라고 말했다.

소설 속에서 '참참참'은 '참깨라면, 참치김밥, 참이슬'을 말하는 것인데, 소설 속 인물 '경만'이 편의점에서 사 먹는 메뉴이다. 마음의 여유도 없고, 주머니 사정도 좋지 않은 마흔넷 인생 '경만'은 퇴근길에 편의점에서 혼술을 한다. 오천 원어치의 혼술이다. 그런데 소년 ㅈ이 그 '참참참'을 외친 것이다.

소년은 자기도 참참참을 먹어보고 싶다고 했다. 편의점에서 참참참을 먹으면 마흔넷 '경만'의 오천 원어치 혼술의 마음을 이해할 수 있을까. 그래, 그럼 우리도 참참참을 먹어보자고 했다. 그런데 나는 가능하지만, 너희들은 미성년자들이므로 참참옥으로 해야 한다고 했다. 소설 속에서도 주인공 독고 씨는 편의점을 찾는 사람들에게 '참이슬' 대신 '옥수수수염차'를 권했다. 조만간 편의점에 가서 참참옥을 사 먹어보자고 가볍게, 대충— 이야기를 했을 뿐이다.

그리하여, 오늘은 학교 도서관에서 대대적인 '참참참' 행사를 했다. 가볍게, 대충— 이 날개를 달고 훨훨 덩치를 키웠다. 국어 시간에 읽은 책이, 버스 안에서 툭 던진 말이, 어째서 모두가 함께하는 학교 도서관 행사가 되어버린 것일까.

시작은 이렇다. 우리 반 소년 ㅇ은 미술적 재능이 뛰어나다. 특수학급 학생인 소년 ㅇ은 열다섯 나이에 개인 전시회도 열고, 나름 유명한 우리 반 셀럽이다. 내일 방과 후 우리 반 아이들과 소년 ㅇ의 전시회에 함께 가기로 약속을 하고, 전시회 관람 후 편의점에 가서 '참참참', 아니 '참참옥'을 먹기로 했다. 점심시간에 동료 선생님들께 반 아이들과 전시회에 가기로 했다고 가볍게 말을 꺼냈는데, 듣고 계시던 ㄱ 선생님께서 말씀하셨다.

"그럼, 다 같이 갑시다."

"네?"

"애들 데리고 다 같이 다녀오죠."

"방과 후 수업도 있는데, 그게 가능할까요?"

"방과 후 수업은 없애면 되지요." (방과 후 수업 담당 선생님)

"네?"

일이 커지고 있음을 직감하며 교장실로 찾아갔다. 내일 오후 수업과 방과 후 수업 시간에 아이들과 전시회에 다녀와도 되는지 여쭙자,

"어, 다녀와요."

"네?"

"난 좋다고 생각하는데?"

"네. 그렇죠. 하하, 기안 올리겠습니다."

그렇게 몇 명이서 단출하게 다녀오려 했던 전시회 관람은 학교 전체 행사가 되었고, 덕분에 미술 소년 ㅇ은 갤러리를 찾은 친구들과 선생님들을 보며 행복해했고, 행복한 ㅇ을 보며 우리도 즐거웠다. 그러한 이유로 편의점 '참참옥'은 어쩔 수

없이 잠정 연기를 하게 되었다.

　연기된 참참옥은 기말고사 시험을 치고 먹어야겠다고 생각했다. 다시 시간을 내어 편의점에 갈 수는 없게 되었다. 그럼 참참옥을 사서 학교에서 먹으면 되겠군. 우리 반이 아홉 명이니까 참깨라면과 참치김밥과 옥수수수염차 9인분을 사야지 했다. 그런데 1학년과 3학년도 이 책을 다 읽었는데 우리 반 녀석들 것만 사기는 뭣해서 14인분을 사려고 했으나, 참참옥만으로는 허전할 것 같아서 곁들일 과자류를 사야겠다고 생각하다 보니… 이럴 거면 차라리 도서관을 편의점처럼 꾸며보면 어떨까, 라는 생각에까지 미치게 되었던 것이다.

　우리 학교는 논밭 사이에 귀엽고 사랑스럽게 자리 잡고 있고, 근처에는 논과 밭과 산밖에 없다. 편의점도 없고, 분식집도 없다. 도서관이 편의점이 된다면 신선하고 즐거울 것 같았다. 나도 모르게 조금씩 신나기 시작했다.

　그때의 생각의 흐름은 이랬다. 선생님들도 오실지 모르니 컵라면을 좀 더 많이 사두고, 편의점이니까 점주와 점원이 있어야 하겠지. 점주는 내가 하고, 반장과 부반장이 점원을 맡고…. 그런데 여긴 불편한 편의점이니까 살짝 불편했으면 좋겠는데. 교장선생님을 알바생으로 채용해야겠다. 내년 정년

퇴임을 앞두신 교장선생님께서 앞치마를 두르시고 알바를 하시면 불편하면서 재미있겠지. 앞치마와 명찰도 필요하겠는데, 편의점 간판도….

3일 동안 집 앞 편의점을 들락거렸다. 미리 발주를 해둬야 참참옥 당일 수령이 가능하다. 요 며칠 비는 사정없이 때려 붓고, 빗속에서 과자와 참참옥을 들고 날랐다. 반장, 부반장과 앞치마를 두르고 도서관을 편의점으로 바꾸기 시작했다. 반장인 소년 ㅁ이 "선생님, 이상하게 자꾸 일이 커지네요. 지난번 전시회도 그렇고요"라고 말했다. 가끔 소녀 소년들은 본질을 꿰뚫는다. 그렇게 오픈한 불편한 편의점.

용○면 ○○리 2××번지에 편의점이 생겼다. 편의점 입장료는 '책 읽고 인상 깊은 구절 적기'이다. 선생님들과 입장료를 지불한 소녀와 소년들이 하나둘 들어오고, 참깨라면을 품에 안고 내 앞에 서 있다. 나는 20인분의 물을 끓이고 부으며 자꾸 웃음이 났다. 소년 ㅎ이 장난으로 "점원들이 일을 안 하네 ~"라고 말하자, 점원 명찰을 달고, 앞치마를 두른 교장선생님께서 희끗한 머리카락을 휘날리며 ㅎ에게 달려가셨다. "아 예예~ 제가 치워드리겠습니다ㅡ"라고 말씀하시며. 그러자 소년과 아이들이 외쳤다. "와ㅡ 진짜 불편해요!" 우리 모두가 불편하면서 웃기고 명랑해지는 순간이었다.

결국 삶은 관계였고 관계는 소통이었다. 소설 속 독고 씨의
말이다. 참참참, 아니 참참옥을 나누며 우리는 시간을 공유하
고 소통하며 관계를 맺고, 이었다. 결국, 이런 게 삶이구나. 창
밖엔 빗줄기가 세차다. 빗소리를 듣기 위해 창문을 열었다. 소
녀 소년들이 호로록호로록 라면을 먹는다. 비 오는 날엔 컵라

면이지. 소설 속 불편한 편의점의 눈물겹도록 따스한 이야기가 한 발짝 더 가까이 마음을 두드렸다.

편의점 참참참 행사가 끝나고, 동료 선생님들이 2학기 때 한번 더 편의점이 오픈했으면 좋겠다고 했다. 근처 초등학교 후배들도 초대하면 좋을 것 같다고 했다. 소녀와 소년들은 2학기 때는 과자도 더 많이 사고, 진짜 편의점같이 만들자고 했고, 나는 그저 웃었다. 지금 이 글도 더 커지기 전에 마무리해야 할 것 같다. 나비야, 그 날개를 더는 팔랑이지 말아주렴.

그 후 나비는 두 날개를 더욱 힘차게 팔랑거렸던가 봅니다. 우연히 이 글을 읽게 되신 김호연 작가님으로부터 메일이 도착했고, 친필 사인이 담긴 도서를 우리 학교 도서관에 기증해주셨습니다. 나비의 엄청난 활약에 새삼 놀랐습니다.

'새삼 놀랐습니다'에서 끝날 줄 알았으나 끝이 아니었습니다. 결국 김호연 작가님을 학교로 초청하게 되었고, 작가님께서도 흔쾌히 용○중학교 '불편한 편의점'을 찾아주셨습니다. 용○면 ○○리 2××번지의 소녀와 소년들은 정성 들여 읽은 책의 저자를 직접 만나고 대화할 수 있는 귀한 추억을 만들게 되었습니다. 시간을 내어 함께해주신 김호연 작가님께 깊은 감사의 마음을 전합니다. 그나저나… 나비의 날갯짓은 정말 끝난 걸까요? 덕분에 인생은 참 알 수 없는 방향으로 흐른다는 것을 알게 됩니다. 당신의 사소한 팔랑임을 응원해봅니다.

동쪽 바다와 시와 소녀와 소년들

시를 배우는 날이다.

교과서에 신경림 시인의 〈동해 바다〉가 실려 있다. 한 명씩 시를 낭송할 거라고 하자, 설마 반 전체 다요? 한다. 그래 한 명씩 다 할 거라고 하자 의심, 호기심, 기대가 뒤섞인 스물다섯 쌍의 눈이 제각각이다. 전자 칠판에 넓고 푸른 바다 배경 사진과 시 전문을 띄우고, 파도 소리 BGM을 깔아준다. 쏴아아ㅡ 쏴아ㅡ 지금 여기는 동해 바다, 우리는 푸른 바다를 바라보고 있지요? 라고 하자, 오, 쌤, 으아, 뭐예요, 큭큭 난리다.

창가 맨 앞자리 소년부터 일어서서 시를 낭송한다. 중학생, 특히 십 대 소년들의 감성과 시는 어울릴 것 같지 않지만, 모든 삶은 시이고, 꽃이기에. 쑥스럽고 어색하지만 시 낭송이 시작되자 교실은 이내 진지해진다. 철썩철썩 쏴아아 파도 소리와, 투박하고 거짓 없는 소녀 소년들의 목소리가 어우러져 교실 안을 가득 채운다.

친구가 원수보다 더 미워지는 날이 많다

티끌만 한 잘못이 맷방석만 하게

동산만 하게 커 보이는 때가 많다

그래서 세상이 어지러울수록

남에게는 엄격해지고 내게는 너그러워지나 보다

돌처럼 잘아지고 굳어지나 보다

멀리 동해 바다를 내려다보며 생각한다

널따란 바다처럼 너그러워질 수는 없을까

깊고 짙푸른 바다처럼

감싸고 끌어안고 받아들일 수는 없을까

스스로는 억센 파도로 다스리면서

제 몸은 맵고 모진 매로 채찍질하면서*

　더듬거리고 느리지만 제법 진지하게 시어를, 마디마디를 읊는다. 꼭꼭 씹는다. 눈을 감고 스물다섯 개의 목소리에 귀를 기울인다. 꼬박 한 시간이 걸린다. 우리는 스물다섯 개의 떨림으로 가슴속에 〈동해 바다〉를 스물다섯 번 포개어 넣었다.

　시를 낭송하는 한 명 한 명이 한 편의 시이고, 스무 평의 교

* 신경림, 〈동해 바다〉, 《신경림 시전집 1》, 창비, 2004.

실은 푸른 바다가, 시편이 된다.

시는 각별하다. 시에 대해서만큼은 진지했다. 시 한 편에는 한 사람의 온전한 인생이 들어 있고, 그가 내뱉는 언어는 따뜻하고, 날카롭고, 서글프고, 애달프다. 한 사람과 마주 앉은 것처럼. 기대하고 설레며 시를 만났다. 잘 지어진 시를 만날 때면 마음이 잘 통하는 친구를 만난 것처럼 반갑고 든든했다. 시인에게 경이로움을 느꼈다.

여고 시절 교복 명찰에는 내 얼굴 대신 시인 '이상'의 흑백 사진이 붙어 있었다. 웃기 위해 태어난 것처럼, 웃을 거리가 없으면 만들어가며 웃어댔던 에너지 넘치는 여고 시절이었다. 깻잎 머리에 보라색 스타킹을 신고 다녔던, 시와는 어울릴 것 같지 않은 여고생이었지만 시에 대해서만큼은 진중했다. 시를 사랑하시던 국어 선생님을 좋아했고, 시를 낭송해주시는 게 좋았다. 시화전에서 선생님의 시를 찾아 읽었다. 제목이 〈조그만 사랑의 독백〉이었다는 것을 기억한다. 임용고시를 준비하며 유일한 행복은 시를 공부하는 순간이었다. 공부가 아니었고 달콤한 휴식이었고 보너스 같은 시간이었다.

아이들에게 시는 이런 거야, 라고 말하고 싶지 않았다. 오롯이 느끼게 하고 싶었다.

　김춘수 시인의 강연회에 갔던 적이 있다. 타계하시기 일 년 전쯤이었다. 참고서에 나온 시 해석에 대해서 시인조차도 낯설다고 하셨다. 적어도 아이들에게 시를 해부하는 법부터 가르치고 싶진 않았다. '이 시의 주제는 뭐지? A는 B다, 은유법 중요하다, 밑줄 긋자, ～처럼, ～같이 직유법 알지? 별표하고….' 시가 좋아질 리 없다. 그렇다고 이 모든 과정을 생략할 패기는 없다. 다만 첫 시간만큼은, 중학생이 되고 처음 함께 만나게 될 시만큼은 각자의 감성으로 마음껏 누려보길 바랐다. 시 속으로 풍덩 뛰어들어 내키는 대로 헤엄쳐보길 바랐다.

　문학을 통해 우리가 삶을 성찰할 수 있다는 것을 이야기하기에 앞서, 소녀 소년들에게 인생에서 가장 후회되는 순간이 언제냐고 물었다. 친구와 싸우고 화해하지 못한 것, 부모님께 함부로 대들었던 것, 그리고 소녀 ㅅ이 "태어난 것이요"라고 말한다. 태어난 것이 왜 후회되느냐 묻자 태어나지 않았으면 친구 때문에 힘들 일도 없었을 거고, 공부 때문에 스트레스받을 일도 없었을 거라 한다. 철모르고 마냥 제멋대로인 사춘기 아이들인 것 같지만 그 속에는 깊이를 모르는 강이 흐르고 슬픔이 있고 후회가 있고 고독이 있다. 시를 만나기에 전혀 부족함이 없다.

수업을 마치는 종이 울리기 전,

"오늘 여러분 가슴에 평생 잊지 못할 시를 심었어요. 앞으로 인생에서 누군가 시를 묻는다면 〈동해 바다〉가 생각나겠지요? 별것 아닌 일로 가족이, 친구가 미워질 때면 이 시가 생각날지도 모르지요. 티끌만 한 잘못이 맷방석만 하게 보일 때, 좀 더 너그러워져야겠다 스스로를 다독일지도 몰라요. 그럴 때면 훌훌 털고 동해 바다행 티켓을 끊거나 운전대를 잡기도 하겠죠. 널따란 동해 바다를 바라보며, 흔들리고 있는 스스로에게 따뜻한 위로의 말을 건넬지도 모르겠어요.

여러분 인생에서 열네 살의 동해 바다를, 시를 기억해주세요. 시가 내게로 온 것처럼 기꺼이 여러분에게도 갈 거예요. 느리게 혹은 순식간에."

하고 싶었던 이야기를 전하고 수업을 마무리하는데, "여러분 덕분에 행복했습니다"라는 의도치 않은 인사가 튀어나왔다. 나름의 방법으로 오늘 수업에 진심을 다한 아이들을 향한 나의 진심이었다.

아픔의 내력

본관 교무실에서 별관 도서관으로 이동하는 길목에는 오래된 등나무가 있다. 길목을 지날 때마다 심장이 찌릿하기도 하고 울렁거리기도 한다. 하루에 십 수 차례는 오가는 길목인데도 그렇다. 수업 시간이 다 되어 얼른 도서관으로 이동해야 하는데 자꾸만 눈길이 등나무로 향하다 보니, 상체와 하체가 따로 논다. 발의 속도를 고개가 따라가지 못해서 상체가 하체에 끌려가는 모양새가 된다. 오래된 학교일수록 오래된 나무들이 많은데, 오래된 나무들은 종종 의지와 상관없이 우리를 오래된 시간으로 데려다 놓는다.

3월의 등나무는 앙상하고 굴곡지다. 줄기가 앙상하게 뒤엉켜 있는 겨울 등나무를 보면서도 나는 초록이 무성하고 보라가 탐스러웠던 5월의 등나무를 떠올린다. 역시나 의지와 무관하게 떠올랐다. 4월이 되자 꽃잎이 하나둘 보이기 시작한다. 보라 연습 중이다. 곧이어 진한 보랏빛 꽃들이 포도송이인 듯

영글고, 벌들이 윙윙거린다. 몇 차례 비가 지나가고, 초록 연습이 끝나면 진초록 잎이 무성하게 기둥을 덮는다. 드디어 보라와 초록의 본격적인 어울림이 시작되는데, 이 풍성하고 황홀한 시간은 그리 길지 않다.

그때도 그랬다. 오래된 등나무가 데려다 놓은 오래된 시간 속에서도 보라와 초록이 한창이었다. 수업을 하다가 2층 교실 창문에서 무심코 내려다본 등나무는 숨이 멎을 듯 경이로워서, 순간 '헙'인지 '헉'인지 '흡'인지 알 수 없는 소리를 뱉었다. 쉬는 시간이 되었고,

"여러분, 등나무 아래로 갑시다."

나는 참았던 속내를 엄장하게 선포했다.

등나무 아래서 쏟아질 것 같은 보랏빛 꽃송이와 초록빛 잎사귀를 올려다보았다. 소녀 소년들은 재잘재잘 수다도 떨고 웃기도 하고 눕기도 하고 방방 뛰기도 했다. 꽃향기에 취한 것 같기도 했고, 보라와 초록에 물든 것 같기도 했다. 그 모습이 눈부시게 아름다웠고, 나는 카메라 셔터를 누르느라 조금은 분주했다.

그해에는 많은 일들이 있었다. 소녀 소년들이 웃는 모습을 보면 더할 수 없이 행복했는데 또 자꾸만 애처로웠다. 마음속

어느 한구석엔 저마다의 상처를 가지고 있는 아이들이었다. 그 상처를 싸맬 수도, 보듬을 수도 없어서 마음을 동동거렸다. 아이들 앞에서 부모님이라는 단어를 조심스레 사용했다. 꼭 필요한 경우가 아니면 쓰지 않았다. 부와 모의 사랑을 동시에 받으며 자라는 건 당연한 것이 아니었다. 생각보다 많은 아이들이 부나 모 중 한쪽만의 사랑으로 채워지기도 하고, 모자란 채로 커가기도 했다. 또 때로는 조부나 조모의 보살핌에 의지하기도 했다. 끊임없이 기다리고 그리워하는 마음으로 살아가는 어린 마음도 있다는 것을 알아갔다.

가정통신문에 쓰여 있는 '존경하는 학부모님께'라는 글귀를 볼 때마다 가슴이 저릿했다. 가정통신문을 나눠줄 때마다 어디에 있는지 알 수 없는 부모를 떠올리게 하는 건 아닐지, 영영 볼 수 없는 부모에 대한 원망이 조금씩 자라나는 건 아닐지 마음이 쓰였다. 그런데 소녀 소년들은 내가 생각하는 것보다 훨씬 더 강하고 단단했다. 현실을 있는 그대로 받아들이고 서로를 이해했다. 자신의 아픔으로 인해 타인의 아픔을 더욱 깊이 공감했고, 배려할 줄 알았다. 다행이었다. 오히려 아이들을 있는 그대로 바라보지 못한 건 나였다. 아이들을 불편하게 만드는 건 숨기지 못하는 내 마음과 애처롭게 바라보는 섣부른 눈길이라는 것을 알았다. 부끄럽고 미안했다.

그래서 신나게 웃게 해주고 싶었다. 뭘 해도 즐겁게 하고 싶었다. 공부를 할 때도, 봉사활동을 갈 때도, 청소를 할 때도, 꽃이 피어도, 바람이 불어도, 추우면 추운 대로, 캄캄하면 캄캄한 대로 매 순간이 즐거웠으면 좋겠다고 생각했다. 아이들이 서 있는 삶의 자리를 있는 그대로 받아들이고, 응원하고, 될 수 있는 한 많이 많이 함께 웃고 싶었다. 우리는 웃어도 되는 사람들이고 마땅히 행복할 수 있는 존재들이라는 사실을 온몸으로 느끼게 하고 싶었다.

　그래서 틈틈이 뭘 자꾸 했다. 봄에는 학교 뒷산으로 가서 각자 엉덩이 들이밀 만한 곳에 자리 잡고 앉아 시를 썼다. 한여름 밤엔, 아니 밤이 되려고 하는 저녁 무렵엔 사택 앞 평상에 모여 수박 파티를 했다. 깜깜한데 불빛은 약해서 얼굴이 잘 보이지도 않았다. 수박 물이 흘러서 손도 끈적거리고 몸도 끈적거렸는데 자꾸 웃음이 났다. 달콤한 수박 맛과 수박 향과 소녀 소년들 웃음소리가 여름밤, 아니 여름 저녁을 시원하게 적셨다. 끈적하게 시원한 여름날이었다. 야자 감독을 할 땐 (고등학교가 같이 있어서 중학생도 야자를 했다) 쉬는 시간 이십 분 동안 컵라면 파티를 했다. 뭐든 '파티'라는 말을 붙이면 '파티'가 되었다. 밤중 야식, 그것도 컵라면이었으니 같이 먹는 것만으로도 즐거웠다. 바람이 선선한 가을엔 같이 운동장을 걷고 또 걸었고, 밤하늘의 별들을 무심한 듯 쳐다보기도 했다. 그러다 별똥별이라도 떨어지면 네가 봤네, 내가 봤네 호들갑 떨기 바빴다. 겨울엔 안 그래도 추운데 더 추운 얼음골로 찾아들어가 썰매도 타고 뜨거운 어묵도 먹었다. 뜨거운 어묵 국물을 호호 불어 넘기며 뿌예진 안경을 보며 또 웃었다.

어느 날엔가 소녀 소년들이 장래에 대해 이야기했다. 소녀 소년들이 스무 살이 되는 5월 5일 어린이날에 다 같이 만나자고 했다. 장소는 지금 이곳 학교. 소녀 소년들은 장래를 약속하는 일에 설레고 즐거워한다. 나는 그 모습이 귀엽고 또 사랑스러워서 늘 그러자고 한다.

아이들이 졸업을 하고, 나는 다른 지역으로 이동을 했다. 그로부터 몇 년이 흘렀고, 나는 또 다른 소녀 소년들과 나른하기도, 치열하기도 한 오늘과 내일에 관해서 이야기했고, 가끔은 라면도 먹었다. 그사이 결혼도 했고, 근무하는 학교는 아이들과 약속했던 그곳 학교로부터 점점 멀어졌다. 그리고 약속한 5월 5일이 되었다.

일단 가보기로 했다. 운전을 하면서 여러 생각을 했다. 그사이 조금 더 늙어버린 나를 못 알아보진 않겠지. 몇 명이나 올까. 누가 먼저 올까. 만나면 뭘 하지? 아무도 안 오는 거 아니야? 그러는 사이 익숙한 길과 상점과 풍경들이 스쳐 지나갔고, 나는 속도를 늦추고 숨을 고르고 차분하게 교문으로 들어서려 했으나, 이미 과하게 나대기 시작한 심장과 동공과 호흡과 맥박은 자제 불가능이었다. 얼굴이 후끈거리고 열도 올랐다. 그것과 상관없이 몸은 교문을 지나 주차를 하고 발을 내디뎠다.

그때였다. 익숙한 향기가 훅 치고 들어왔다. 알고 있는 향기였다. 심장이 찌릿, 하며 뜨거워졌는데 아까처럼 과하게 요동치는 것이 아니라 따뜻하게 녹아드는 느낌이었다. 그래 5월이었지. 눈앞에서 등나무가 보라색 꽃과 초록색 나뭇잎을 주렁주렁 빼곡하게 매달고 있었다. 향긋한 꽃 내음으로 정중하게 마중하며 제일 먼저 말을 걸어왔다. 잘 지냈냐고, 오랜만이라고.

그 시절의 교실로 소녀와 소년들이 하나둘 도착했다. 소녀와 소년이 아니고 다 큰 어른이 되어 모였다. 스무 명 가까이였던가. 한창 놀기 바쁜 스무 살의 공휴일에 열다섯 때의 약속을 지키기 위해 멀리서 가까이서 모여들었다. 염색도 하고 멋이 한창이었지만 그 시절 그 웃음은 그대로였다. 행복이었다. 열다섯 시절의 치열했던 성장통은 찾아볼 수 없었다. 아픔을 극복하고 어른이 되었다기보다는 아픔과 함께 성장했다고

하는 편이 적절할 것이다. 어쩌면 열다섯 시절의 아픔을 감출 수 있는 어른이 되어 있는 건지도 모르겠다. 우리는 여전히 아프겠지만 또 웃을 일들을 만들고 단단하게 삶을 꾸려나갈 것이다.

그때 ㅎ이 등꽃 아래에서 사진을 찍자고 제안했다. 열다섯 소녀 소년이었을 때 찍었던 사진과 똑같은 구도로 찍어보자고 했다. 우리는 열다섯 때의 기억을 더듬으며 등나무 아래에서 열을 맞췄다. 그 시절 그 웃음 그대로 눈이 부셨다.

소녀와 소년들이 생각보다 강하다는 사실은 나를 안도하게 한다. 그렇다고 해서 아이들의 어려움을 오롯이 아이들의 몫으로만 남기고 모른 척하려는 것은 아니다. 어른은 어른의 자리에서 아이들의 성장을 지켜봐주어야 하고, 때로는 적극적인 개입과 조치도 필요하다. 세상에 대해서 너무 많이 알고 있는 어른은 한편으로 불안하다. 어떤 어른들은 그런 불안을 아이들에게 쉽게 들킨다. 어른의 불안한 시선은 아이들을 주눅 들게 한다. 불안을 걷어낸 온전한 신뢰는 아이들을 더욱 강하게 만든다. 어려운 현실을 이겨낼 수 있는 힘이 생긴다. 눈이 부시게 웃을 수 있는 내력이 생긴다. 아이들의 아픔은 여전히 종종 나를 아프게 하지만 아무렇지 않게 좋은 것을 보여주고, 아무렇지 않게 좋은 이야기를 나누기 위해 노력한다. 아무렇지 않게 자리를 지키는 등나무처럼, 변함없이 세월을 지키고 있는 등꽃처럼 말이다. 그러니까 오늘의 주인공은 나도 아니고, 소녀 소년들도 아니고 고맙게도 여전했던 등나무인 것으로.

한우와 홍삼
—그래도 자라니까요

십 년 전 제자가 우리 동네에 왔다.

삼 년 전쯤 봤었는데 그때보다 더 거대해져서 나타났다. 너는 키가 아직도 자라느냐고 하니 근육이 붙어서 그렇게 보인다고 190센티 장신이 자랑인 듯 자랑 아닌 자랑 같은 자랑을 했다.

승진을 했으니 한우를 사주겠다고 하길래 나는 한우보다 삼겹살을 더 좋아한다고 하니, 다음부터는 삼겹살집에서 보자고 한다. 내일은 일요일이니 귀가가 늦으셔도 되는 거 아니냐고 하길래 나 내일 예배드리러 가야 한다고 하니, 선생님 불교 아니었냐며 여태껏 불교인 줄 알았다며 불교같이 생기셨는데 의외라고 했다. 십 년 만에 스승의 종교를 알게 된 것에 흥미로워했다.

ㅂ이 열다섯 때 같이 국어 수업을 했고, 열여섯 때는 우리 반이 되었다. 네가 2학년 때 4반이었지? 라고 하니 그런 것도 기억하냐며 놀라워했다. 3학년 때는 몇 반이었지…? 분명 우

리 반이었는데…. 우리가 몇 반이었지? 라고 했더니 1반이라고 했다. 나는 1반은 아니라고, 4반이라고 했다. 분명히 4반이었던 것 같은데 ㅂ은 1반이었다고 우겨댔다. 네가 우리 반 학생이었던 것은 맞냐고, 관계의 시초(?)부터 의심스러워지기 시작할 때쯤 ㅂ의 부모님께서 상담을 하러 학교에 오셨던 것이 생각이 났다. 내가 너의 부모님과 만나서 이야기도 하고 상담도 했다고 하자, 그건 담임이 아니어도 할 수 있는 것 아니냐며 계속해서 우겨댔다. 둘이서는 해결이 안 되니 제삼자에게 물어봐야겠다던 그때, 불현듯 1반 담임이었던 체육 이ㅇㅇ 선생님의 존재가 떠올랐고 네가 이ㅇㅇ 선생님 반이었던 적이 있었느냐고 하자, 그자의 동공은 갈 길을 잃고 방황했다. 십 년 만에 자신이 중3 때 4반이었다는 기억을 되찾고 흥미로워했다.

청년 ㅂ은 취업 이야기, 이직 이야기, 다시 취업 이야기를 했고, 내 집 마련 이야기, 그간 지나간 여자 이야기를 했다. 자기는 차이기만 했는데 차일 때쯤엔 차이고 싶어서 정떨어지는 행동을 한다고 했다. 우리는 동시에 "쓰레기…네." "쓰레기…죠?"라고 말했다. 만나서 처음으로 생각이 통했다. 지금 만나는 여자친구는 이 년째 만나고 있는데 결혼까지 생각한다고 했다. 그런데 여자친구가 택배를 받으면 상자와 물건을 바로 정리하지 않는 것이 이해가 되지 않고, 종종 커플링이며 휴대폰 같은 것들을 잃어버리는 것, 요리하는 중에 칼이나 포장지 같은 것을 싱크대 안에 넣어두는 것이 마음에 들지 않는다고 했다. 그래도 욕실 청소는 기가 막히게 잘하고, 드라마 같은 것을 보면서 우는 모습이 너무 사랑스럽다고 했다. 나는 결혼 날짜 잡히면 연락을 하라고, 혹시나 청첩장의 그녀가 지금 말한 그녀가 아니더라도 꼭 연락을 하라고 하자 알겠다며 웃었다.

스물다섯의 ㅂ은 제법 이른 나이에 자신의 길을 찾고 든든한 직장의 직장인이 되었다. 우리 동네까지 자차를 몰고서 오는 길에 나를 태워 가겠다며 연락을 해왔다. 나는 걸어서 갈 수 있다며 약속 장소에서 만나자고 했다. 태어나 처음으로 제자가 사주는 밥을 먹었다. 제자들이 찾아오면 밥이든 뭐든 계산은 당연히 내 몫이라 여겼는데 사주는 밥을 먹는 기분이 참 묘했다. ㅂ은 내게 밥 사주는 첫 번째 제자가 본인인 것에 으쓱해진 것 같았다.

청년 ㅂ은 고기를 구우며 한우의 붉은 기가 사라질 때쯤이면 큼직한 놈으로 골라서 내 숟가락 위에 올렸다. 먹고 나면 또 올렸다. 누군가 내 숟가락 위에 음식을 올려준 적이 있었던가. 생각해보니 친정엄마 말고는 없다. 남편은 종종 고기를 내 파절이 그릇에 급하게 얹어주긴 했는데, 고기가 탈까 봐 그런 것이었다. 엄마는 예나 지금이나 식탁에서 내 숟가락, 내 밥그릇에 부지런히 음식을 나르신다. 그리고 나는 내 딸아이 입만 쳐다본다. 내 입에 들어오는 것보다 어린 딸아이 입으로 들어가는 음식에 더 집중했다. 식탁에서 오물거리는 딸아이 입만 쳐다보는 시간이 익숙했다. 순간 그런 생각을 하다가 ㅂ을 쳐다봤다. 너도 많이 먹으라고, 나는 원래 오늘부터 다이어트를 하려고 했었다고 하니, 고기는 단백질이라서 괜찮다며 자꾸자꾸 올려서 고기가 쌓였다. 명이나물을 더 담으러 다녀오자 그사이 또 고기가 올려져 있다.

ㅂ이 비교적 이른 나이에 자리를 잡은 것은 맞지만, 성장의 순간들이 물 흐르듯 순탄했던 것은 아니었다. 오히려 더 뜨겁고 거센 시간을 보냈다. 중학교 시절 내내 성실하고 착실했던 ㅂ이었지만, 몹시 빠르게 부는 바람과 무섭게 소용돌이치는 물결이라는 질풍노도를 정면으로 맞고 허우적거렸다. 어른들은 ㅂ을 이해하기 어려웠고, 소년 ㅂ도 그런 어른들을 이해할 수 없었다. 그럼에도 썩 우수한 성적을 유지하고 있었기에 계속해서 우수함을 유지하기 위해서는 남달리 애써야 했다. 그래서 담임이었던 나와는 종종 마음을 터놓고 이야기하는 시간을 가지게 되었다. 대부분의 학생들이 지역의 인문계 고등

학교에 진학을 할 때, ㅂ은 남들과 조금 다른 선택을 했다. 그곳에서의 생활도 순탄치만은 않았다는 사실을 나중에야 알게 되었다. 그럼에도 매 순간 자신의 길을 개척해나가는 ㅂ이 자랑스러웠고, 그런 ㅂ을 진심으로 응원했다. 그 모든 순간들이 모여 지금의 ㅂ을 만들었다. 그의 치열했던 성장의 시간을 보았기에 오늘의 ㅂ이 더욱 빛나 보였다.

열다섯 살이었던 소년 ㅂ에게 해주고 싶은 말이 있냐고 스물다섯의 ㅂ에게 물었다. 첫째는 비트코인을 꼭 사라. 둘째는 더 신나게 놀아라. 그리고 셋째는 열정을 다해 배워라, 라고 말했다. 스물다섯 선배의 진심 어린 조언을 월요일에 우리 반 열다섯 소녀 소년들에게 전해주어야겠다고 생각했다. 첫 번째가 조금 걸리긴 하지만, 올바른 경제관념과 욕망을 통제할 수 있는 건전한 생활 습관 등으로 순화하여 전달하면 어떨까 싶다.

내가 웃으니, 선생님 그새 눈가에 주름이 생겼다고 아무렇지 않게 말한다. "내 나이 돼 보아라. 나도 이제 주름 생길 나이다"라고 하자 웃으며 더 열심히 고기를 나른다. 아, 고기가 자꾸 쌓인다. 병 주고 약 준다. 헤어질 때쯤엔 홍삼도 쥐여준다. 뭐지, 이 효도당하는 기분은. 나는 건강하게 오래오래 살겠노라고 고맙다고 했다. 한우와 홍삼이 내 주름도 반듯하게 펴줄 수 있기를.

헤어지고 연락이 왔다. "선생님 덕분에 인생의 방향을 잡을 수 있게 되어 감사했다"라고 하길래 "네가 잘해서 그런 거지. 힘들 때 연락해"라고 보냈다. 그리고 "너를 보니 지나간 시간도 감사하고 교사로서 살아가는 오늘도 감사하다"고 말했다.

그러니까 결국에 이 글은 아주아주 치밀한 자랑 글인 것이다.

눈발이 휘날릴 때 네 생각을 해

2011년 2월 11일이었습니다.

우리는 안동역에서 정동진행 기차를 탔습니다. 그날은 소녀 소년들이 중학교를 졸업한 날입니다. 이들의 내력이 살짝 특이합니다. 전교생 스물세 명. 중학교 삼 년 내내 같은 반, 같은 담임, 같은 국어 선생님과 함께였습니다. 저는 삼 년 동안 소녀 소년들의 담임이었고, 국어교사였습니다. 그렇게 삼 년 동안 지지고 볶고 울고 짜고 웃고 뒹굴고 난리블루스를 췄더랬죠.

'졸업'이라는 단어는 슬프지만 설렘을 주기도 하죠. 우리에게도 그런 날이었던 것 같습니다. 그곳은 저에게 첫 학교였습니다. 이십 대 청춘을 바친 곳이고, 아이들의 졸업과 함께 저도 그

곳과 작별을 해야 했습니다. 모두에게 특별한 마지막을 만들고
싶었습니다.

그래서 정동진행 기차를 탔습니다. 없는 졸업여행을 만들기
로 했습니다. 비장한 각오로 기안을 올렸습니다. 꼭 그래야만
하느냐, 가더라도 가까운 곳으로 가는 게 좋지 않겠느냐 말씀
하시다가 결재를 해주셨습니다. 제 비장한 눈빛 때문이었으리
라 여겨집니다. 무식하면 용감하다고, 무식함이 용기를 발휘하
는 순간이었습니다.

계획은 간단했습니다. 청송에서 안동으로 시외버스 **딱** 타고,
안동역에서 기차 **딱** 타고, 정동진역에서 **딱** 내리고, 바다 **딱** 보
고, 숙소 **딱** 가서, **딱** 자고, 다시 돌아오면 끝! 정말 간단하지 않
습니까. 완벽한 1박 2일 졸업여행 패키지였습니다. 그렇게 생각
했습니다.

기차가 출발하고 먹고 떠들다 보니 바다가 보이기 시작합니
다. 눈도 내리기 시작합니다. 눈 내리는 겨울 바다를 볼 수 있겠
다 생각하니 들뜹니다. 눈이 꽤 많이 내리고 있습니다. 북으로
북으로 올라갈수록 눈발이 점점 더 굵어지더니 눈 때문에 바다
가 보이질 않습니다. 하하, 오늘은 숙소에 일찍 들어가서 쉬고,
바다는 내일 보면 되니까, 괜찮아, 낭만적이야, 했습니다.

정동진역에 도착하고는 경악을 금치 못했습니다. 눈이 너무 많이 왔습니다. 걸을 수 없을 정도로 왔습니다. 평생 그렇게 쌓인 눈은 처음이었습니다. 강원도 눈은 이런 것이었구나. 정말이지 울 뻔했습니다. 숙소로 가야 하는데 눈이 너무 많이 쌓여서 걸을 수가 없습니다. 어째 소녀 소년들은 신이 난 것으로 보였습니다. 아… 그자들은 어찌나 해맑던지요. 물 만난 물고기마냥 눈밭을 구르기 시작했습니다. 너무 외로웠습니다.

외롭지만 정신을 차려야 한다고 생각했습니다. 소녀 소년들 앞에서 당황하지 않은 척 포커페이스를 유지합니다. 나는 으른이잖아. 으른이라고. 나는 선생이고 저들은 천지 분간 못 하고 있다. 나는 나의 길을 간다. 숙소에 전화를 해서 지름길을 전해 듣고 눈을 파헤쳐 나가기 시작했습니다. 이미 길이 난 곳도 있고, 새 길을 만들어야 하기도 했습니다. 숙소까지 어떻게 찾아갔는지 기억조차 나질 않습니다.

숙소로 아이들을 밀어 넣습니다. 일단 한 고비 넘겼습니다. 계속해서 눈물이 날 것 같지만 꾹 참습니다. 소녀 소년들이 알 수 없는 온갖 MT용 게임으로 이 밤을 불태우고 있는 동안, 다시 눈길을 파헤쳐 동네를 돌아봅니다. 아까부터 불안한 눈길로 저를 주시하고 있던 소년 두 명이 따라나섭니다. 다행히 가까운 곳에 식당이 있어서 내일 아침 식사를 예약해둡니다. 그리고 숙소로 돌아왔는데 그 밤의 기억이 없습니다. 잠을 잤는지 어디에 있었는지 정말 생각이 안 납니다. 내일 집으로 돌아갈 수 있겠지… 그 생각뿐이었습니다.

다음 날 아침, 기차역에서 충격적인 소식을 듣습니다. 눈 때문에 기차 운행이 멈췄습니다. 1박이 2박으로 강제 연장될 위기입니다. 아이들은요, 더 신난 것 같았습니다. 그래, 너희들은 신나게 놀아라. 고통은 나 혼자 감당하겠다. 소녀 소년들은 바다로 동네로 뛰어다니기 시작했습니다. 어떤 소년은 급전(?)이 필요하다며 현금인출기를 향해 삽질을 하며 눈을 파헤칩니다(삽은 또 어디서 구한 건가요). 그러는 동안 저는 계속해서 대합실을 들락거리며 운행 소식을 기다리며 기도했습니다.

긴긴 기다림 끝에 기차가 운행된다는 소식을 들었습니다. 오! 감사합니다! 집에 갈 수 있구나. 오후 늦게 출발한 기차는 저녁이 되어 안동역에 도착했습니다. 이제 청송으로 **딱** 가면 됩니다. 그러면 **딱** 끝나는 것입니다. 그러나 버스터미널에서 또다시 충격적인 소식을 듣습니다. 막차는 출발했고, 버스는 끊겼답니다. 결국, 우리는 안동에서 다시 하룻밤을 보내게 된 것입니다.

지독히도 고독한 밤이었습니다.

청송으로 돌아온 날, 소녀 소년들과 마지막 인사를 하고, 사택으로 돌아와 씻지도 않고 누웠습니다. 잠이 들었는데, 참으로 긴긴 잠이었습니다. 목표한 대로 정말이지 모두에게 특별한 마지막이 되었습니다.

가끔 학교생활이 팍팍하고, 힘들어 죽겠다 싶고, 때려치울까… 생각될 때면 슬그머니 그날의 기억을 꺼내봅니다.

'네 정녕 정동진 눈밭을 구를 때보다 더 기막히고 힘들더란 말이냐…?'

몸서리가 쳐집니다. 그리고 피식 웃음이 납니다. 그렇게 한 해 한 해 보내는 것 같습니다. 아시잖아요. 인생은 계획한 대로 되지 않습니다. **딱** 해가지고 **딱** 해서 **딱** 마무리되지 않습니다(믿기 어려우시겠지만 방금도 마무리한 글이 다 날아가서 다시 쓰고 있는 중입니다. 타이밍이 기막힙니다).

학교라는 세계는 더한 것 같습니다. 소녀 소년들은 대단히 빠르게 불어오는 바람과 미친 듯이 닥쳐오는 파도 속에 있습니다. 선과 악, 옳음과 그름, 정의와 불의가 뒤범벅되어 혼돈의 시간을 보냅니다. 그런 존재들이 교실에 모여서 공부를 합니다.

자신이 낯설게 느껴집니다. 때로는 고통을 주고받기도 합니다. 많은 소녀 소년들은 입시 지옥에서 신음하고, 오늘은 행복하지 않습니다. 당연한 보호를 받지 못해 불안하고 두려운 아이들도 있습니다. 흔들리고 흔들립니다. 겨울이 길고 춥습니다. 그런데 겨울이 길고 추울수록 봄날의 잎새는 더욱 푸르고 찬란합니다.

그래서 열다섯은 찬란합니다. 열다섯의 긴긴 겨울을 쓰다듬고 싶습니다. 꼭 안고 너는 찬란하다고 말해주고 싶습니다. 차가운 눈발이 매섭게 뺨을 후려치더라도, 가야 할 기차가 출발하지 않더라도, 기막히게 쓸쓸하더라도 열다섯은 찬란합니다.

스무 평 교실에게 안부를 전합니다.

쌀을 씻다가 생각이 났어

1판 1쇄 2024년 1월 10일   1판 2쇄 2024년 7월 10일

지은이 권지연 | 그린이 이내
펴낸이 윤혜준 | 편집장 구본근 | 디자인 오필민디자인

펴낸곳 도서출판 폭스코너 | 출판등록 제2018-000115호(2015년 3월 11일)
주소 서울시 마포구 대흥로 6길 23 3층 (우 04162)
전화 02-3291-3397 | 팩스 02-3291-3338
이메일 foxcorner15@naver.com
페이스북 /foxcorner15 | 인스타그램 /foxcorner15

종이 일문지업(주) | 인쇄·제본 수이북스

ⓒ 권지연, 2024   ISBN 979-11-93034-09-5 03810